KB046503

#MCU

#슈퍼히어로

#토템과터부

#MCU
#슈퍼히어로
#무비부터

요다 ♯ 장르 비평선 03

문아름·홍석인 지음

머리말
MCU는 관객을
어떻게 매혹하는가

2010년대 영화산업 시장을 말함에 있어서 마블시네마틱유니버스(이하 MCU)를 논하지 않고 넘어가기란 불가능할 것이다. 산업 규모와 관객 동원력과 마케팅에 있어서 기존 영화산업 시장의 그 어떤 작품과도 비교할 수 없는 파워를 보여주고 있으니 말이다.

2022년 5월 미국 박스오피스 기록을 보면 MCU의 흥행이 수치로도 와 닿는다. 〈어벤져스: 엔드게임〉(2019)은 8억 5837만 3000달러의 수익을 거둬 박스오피스 전체에서 2위를 차지하고 있으며 〈스파이더맨: 노 웨이 홈〉(2021)이 8억 466만 7830달러로 3위를, 〈블랙 팬서〉(2018)와 〈어벤져스: 인피니티 워〉(2018)가 각각 7억 42만 6566달러와 6억 7881만 5482달러로 5위, 6위를 나란히 점하고 있다. 역대 흥행 순위 10위 안에 MCU 작품이 다섯 편이나 속해 있는 것이다. 이와 같은 흥행 기록은 미국 박스오피스에만 국한된 일이 아니다. 전 세계나 한국으로 기준을 달리 잡아도 MCU 작품은 항상 최상위에 머무르고 있다.

MCU 작품은 대중적인 호응도만 놓고 보더라도 더는 "미국 엔터테인먼트 산업의 구조적 진화를 보여주는 원천 자료"[1]에 머물지 않는다. 전 세계와 전 세대를 아우르는 관객층에 끼치는 영향력 차원에서 분석할 필요가 있다. 무엇보다 MCU에 대한 분석은 "산업적 특성이 부각되었던 뉴미디어 스토리텔링 연구에 있어서도 대표적 대중문화로서 영화가 지니는 사회문화적 특성들의 내러티브 적용이 미치는 스토리텔링의 변용성을 새로운 관점에서 분석할 수 있게"[2] 해줄 것이다.

MCU의 작품들은 어찌하여 전 세계를 대상으로 이렇게나 큰 흥행력을 가지게 된 것일까? 이 질문에 떠올릴 수 있는 답은 하나가 아니다. 안정적인 유통망, 대자본이 투입된 CG 기술, 영화와 드라마와 게임 그리고 코믹북에 장난감까지 동시다발적으로 진행되는 프랜차이

1 한창완, 『슈퍼히어로』, 커뮤니케이션북스, 2013, 9쪽.

2 이현중, 「슈퍼히어로 영화의 스토리텔링 전략 연구」, 한양대학교 대학원 박사논문, 2017, 4쪽.

즈 산업 등 MCU의 흥행 요소는 복잡하고도 다양하게 얽혀 있기 때문이다.

하지만 여기서는 MCU 작품의 스토리에서 보편적으로 나타나는 지점들에 집중하여, 이 지점들이 어떤 기능과 구조를 갖고 관객들을 매혹하는지 정돈하고자 한다. 분석의 틀로써는 지크문트 프로이트가 『토템과 터부』에서 제시한 원부살해신화(原父殺害神話) 개념을 중심으로 삼을 것이다.

MCU
그리고
『토템과 터부』

I

프로이트의 『토템과 터부』

지크문트 프로이트의 『토템과 터부』는 『꿈의 해석』만큼 이나 중요시하게 다뤄지는 텍스트다. 이 책은 그가 편집인으로 있었던 잡지 〈이마고〉에 수록한 「근친상간 기피 심리」, 「터부와 감정의 양가성」, 「애니미즘, 주술, 관념의 만능」, 「유아기, 토테미즘으로의 회귀」 등 네 편의 논문을 모은 것으로, 토테미즘과 그로 인해 발생하는 터부라는 민족심리학적 화두를 정신분석학으로 접근한다. '토템'은 원시사회에서 자신들이 속한 부족과 특별한 관계가 있다고 여기며 신성시하는 동식물 또는 자연물을 가리킨다. 부족에 속한 사람들은 토템을 모방하거나 묘사하기를 즐기는 대신, 그를 먹거나 훼손해서는 안 된다는 금기, 즉 '터부'를 가진다.

어머니를 둘러싼 삼각관계로부터 생기는 증오는 아이의 정신생활에서 아무 장애물도 만나지 않고 확장될 수는 없는 일이기 때문에 이 증오는 아버지에 대해 이전부터 품고 있던 사랑하고 찬탄하던 마음과 갈등하지 않을 수가 없다. 결국 아이는 적대감과 공포감을 아버지 〈대용〉이 되는 대상에게로 전위시킴으로써 아버지에 대한 양가적 감정에서 생긴 갈등에서 벗어난다. (중략) 오히려 이 갈등은 전위의 대상에게로 옮아가게 되며 동시에 양가적인 감정도 그 대상에게로 옮아간다.

—

지크문트 프로이트, 「토템과 터부」, 『종교의 기원』(2판),

이윤기 옮김, 열린책들, 2003, 167쪽.

프로이트는 유아의 성장 과정 속에서 토테미즘적인 요소를 찾아낼 수 있다고 보았다. 달리 말하자면 원시사회의 통솔자와 아버지가 그들의 피지배자 그리고 아이와 갖는 관계에서 공통점을 발굴한 것이다. 그는 이 논문을 통해 "민족학으로부터 배운 원시 민족의 심리와, 정신분석을 통해서 드러난 신경증(Neurose) 환자의 심리에 대한 비교는 양자의 많은 일치점을 보여주는 동시에 두 학문의 익숙한 사실들을 새롭게 조명"[3]할 것을 기대한다. 그리고 이 공통점들은 원부살해신화라는 구조로 구체화된다고 주장한다.

『토템과 터부』에 따르면 원부살해신화는 원시시대의 각 문명권에서 동일하게 나타난다고 한다. 이 신화의 내용은 다음과 같다. 원시시대의 소규모 공동체에서는 한 명의 권력자인 아버지가 부족 내의 모든 권력을 독점했고, 이를 시기한 아들들이 공모하여 그를 죽이고 시체를 먹는 것으로 아버지와 같은 존재가 되기를 시도한다. 그러나 이 아들들의 시도는 다른 형제들의 견제로 인해 성공하지 못하고, 아들들은 이미 죽은 아버지를 신성시하고 그와 동일시되는 토템을 마련하며 다시는 이러한 일이 일어나지 않도록 터부를 공유한다.

프로이트는 여기서 더 나아가 토테미즘과 원부살해에 대한 분석을 각 문명의 신화 및 종교까지 확장한다. 토템 신앙에서 미트라 그리고 기독교까지 아우르는 이 가설은 최종적으로 종교와 예술 및 정치를 '오이디푸스 콤플렉스'라는 하나의 구조로 통합해서 이해하려는 시도로 마무리된다.

이 글에서는 그의 연구가 문화인류학적으로 얼마나 완성도 높은지는 관심사로 두지 않겠다. 그보다는 프

---

3   지크문트 프로이트, 「토템과 터부」, 『종교의 기원』(2판),
        이윤기 옮김, 열린책들, 2003, 27쪽.

로이트가 성장 과정과 토테미즘을 어떤 식으로 비교하고 구조화했는지 정리하는 작업에 치중할 것이다. 이러한 작업은 곧 MCU 작품들이 어떻게 원부살해신화의 원형을 따라 제작되어 보편성을 획득했는지를 조명하는 과정이기도 하다.

MCU와 『햄릿』

MCU의 히어로 개인이 등장한, 시리즈 1편에 해당하는 작품들은 대부분이 위에 서술한 원부살해신화의 구조를 따르고 있다.[4] 이 작품들은 크게 네 가지의 공통점을 가진다.

  ①주인공의 기원-오리진 스토리를 다룬다.
  ②주인공은 그의 상징적 아버지를 상실한다.

---

4 이 구조를 따르지 않는 작품으로는 〈인크레더블 헐크〉와 〈가디언즈 오브 갤럭시〉 그리고 〈블랙 팬서〉가 있다. 〈인크레더블 헐크〉는 연인과의 관계가, 〈가디언즈 오브 갤럭시〉는 어머니와의 관계가 상징적 아버지보다 더 중심이 되기 때문이며, 〈블랙 팬서〉의 경우에는 〈캡틴 아메리카: 시빌 워〉가 블랙 팬서라는 캐릭터의 기원을 일정 부분 다루고 있기 때문이다.

③주인공은 이중적인 정체성 사이에서 갈등을 겪는다.

④정당한 계승자인 주인공은 부당한 계승자와 싸운다.

이는 원부살해신화의 구조를 따르는 작품들에 대부분 동일하게 등장하는 지점이다. 먼저, 원부살해신화 구조를 따르는 대표적인 작품, 셰익스피어의 『햄릿』을 분석해보자.

『햄릿』의 스토리를 투박하게 요약하면 이렇다. 덴마크의 왕자 햄릿은 원혼이 된 아버지, 즉 선왕을 만난다. 그리고 그로부터 선왕의 죽음은 병사가 아닌 삼촌 클로디어스에 의한 독살이라는 진상을 듣게 된다. 이에 햄릿은 일부러 광인을 연기함으로써 복수자라는 정체성을 숨긴 채 왕궁에서 이중적인 생활을 시작한다.

위에 들었던 네 가지 공통점은 『햄릿』에도 고스란히 적용된다. 『햄릿』은 처음부터 햄릿이 어떻게 광인이자 복수자로서 자리매김하는가를 다루며, 이 여정은 그가 자신의 아버지를 부당하게 상실했다는 사실을 알게 되며 출발한다. 그리고 햄릿과 주변인들은 그의 광태와 복수 사이에서 고통받으나, 햄릿은 부당한 계승자인 클로디어스를 용인할 수 없기에 정당한 계승자로서의 권리를 쟁취하고자 한다.

악당이 내 아버질 죽였는데 그 대가로 유일한 아들인 내가, 바로 그 악당놈을 천당으로 보낸다.

아니, 이건 청부 살인이지 복수가 아냐. 놈은 아버지를 그가 육욕에 푹 빠지고 모든 죄악이 활짝 핀 오월처럼 싱싱할 때 앗아갔다.

—

윌리엄 셰익스피어, 『햄릿』,

최종철 옮김, 민음사, 2002, 125쪽.

위 인용은 햄릿이 기도 중인 클로디어스를 보고 암살을 고민하다가, 기도하는 사람을 죽여 천국에 가게 돕는 건 아닐까 염려해 칼을 거두는 장면이다. 이 장면에서 흥미로운 점은 클로디어스는 비록 죽을 위기 속에서 기도를 했기에 구원받을 가능성이 있다고 여기는 반면, 햄릿의 아버지는 죄로 가득한 순간에 살해당했기에 그럴 수 없으리라는 암시에 있다.

햄릿이 겪는 여정은 결국 『토템과 터부』에서 제시된 구조와 차이가 없다. 최초에 부족의 모든 것을 소유한 상징적 아버지가 있었으나, 상징적 아버지의 권력을 질투한 상징적 아들(들)에 의해 상징적 아버지가 살해당하는 것처럼, 선왕은 권력을 탐한 클로디어스로부터 살해당한다.

정신분석학은 일찍이, 토템 동물이 현실에서는 아버지의 대역(代役)이라는 사실을 밝힌 바 있다. 이것은, 여느 때는 죽이고 먹는 것이 금지되어 있는 토템 동물을 특정한 시기에는 죽여서 나누어 먹고, 그리고는 슬퍼한다는 모순된 사실에서 아버지의 경우와 일치한다. 오늘날의 어린아이들에게서 자주 나타나는 아버지 콤플렉스의 특징이자, 성인의 삶을 통해서도 지속적으로 나타나는 감정의 양가적 태도는 아버지 대역인 토템 동물에게도 해당된다고 볼 수 있는 것이다.

—

지크문트 프로이트, 「토템과 터부」, 『종교의 기원』(2판),

이윤기 옮김, 열린책들, 2003, 179쪽.

프로이트가 제시했던 바와 같이 햄릿의 아버지(선왕)는 원시 부족들이 그러했던 것처럼, 원령의 형태를 띤 신적인 존재로 변하여 일종의 토템으로 기능한다. 그는 햄릿에게 있어 더 이상 거역할 수 없는 자연법이자 초자아가 되어 햄릿을 지배하고 그를 광기와 복수로 몰고 간다. 햄릿은 클로디어스가 선왕처럼 권력을 독점하지 못하게 하기 위해 터부를 깨고 삼촌을 징벌해야만 하는 것이다. 이때 햄릿이 아버지의 죄악에 대해 의심하지 않았던 것처럼, 상징적 아버지를 향한 감정은 그를 신성시하는 동시에 두려워하는 양가적인 구조를 띤다. 이 구조를 몇 몇 MCU 작품의 구성과 비교해보자.

표1은 MCU의 다섯 작품에서 찾아볼 수 있는 원부살해신화의 기본적인 요소를 정리한 것이다. ⓐ주인공은 ⓑ상징적 아버지가 살해당한 뒤, ⓒ부당한 계승자에게 빼앗겼던 ⓓ상징적 유산을 되찾는다. 해당 요소를 중심으로 간략하게 각 작품을 정리하면 아래와 같다.

〈아이언맨〉의 주인공 ⓐ토니 스타크는 군수산업체

작품명	주인공 (ⓐ)	상징적 아버지 (ⓑ)	부당한 계승자 (ⓒ)	상징적 유산 (ⓓ)
『햄릿』	햄릿	선왕	클로디어스	왕국
〈아이언맨〉 (2008)	토니 스타크	하워드 스타크	오베디아 스탠	아크 리액터 및 스타크인더 스트리
〈토르: 천둥의 신〉 (2011)	토르	오딘	로키	아스가르드
〈퍼스트 어벤져〉 (2011)	스티브 로저스	에이브러햄 어스킨	요한 슈미트	슈퍼 솔저 혈청
〈앤트맨〉 (2015)	스콧 랭	행크 핌	대런 크로스	핌 입자
〈닥터 스트레인지〉 (2016)	스티븐 스트레인지	에인션트 원	케실리우스	칼리오스트로의 책
〈캡틴 마블〉 (2019)	캐럴 댄버스	웬디 로슨	욘-로그	테서랙트

[표1] MCU 작품에 나타난 원부살해신화 요소

스타크인더스트리의 경영자이자 과학자다. 그는 아버지 ⓑ하워드 스타크로부터 ⓓ스타크인더스트리와 함께 일종의 핵융합 에너지원인 아크 리액터 이론을 물려받았다. 토니 스타크는 아버지의 동료였던 ⓒ오베디아 스탠의 사주로 테러리스트에게 피랍되고, 그 과정에서 아크 리액터 이론을 구현하는 데 성공한다. 오베디아 스탠은 스타크인더스트리와 아크 리액터 기술을 독점하기 위해 다시 한번 토니 스타크의 목숨을 노린다.

〈토르: 천둥의 신〉의 주인공 ⓐ토르는 우주를 영토로 삼은 제국 ⓓ아스가르드의 차기 계승권자다. 그가 경솔한 행동으로 인해 지구로 유배된 사이, 그의 아버지이자 아스가르드의 통치자인 ⓑ오딘은 정신을 잃고 쓰러지고 만다. 토르의 동생 ⓒ로키는 엉겁결에 물려받은 왕좌를 완전히 자신의 것으로 삼기 위해 토르의 암살을 시도한다. 토르는 로키를 무찌르고 왕좌를 되찾기 위해 아스가르드로 돌아간다.

〈퍼스트 어벤져〉의 주인공 ⓐ스티브 로저스는 그의 올곧은 성격을 눈여겨본 과학자 ⓑ에이브러햄 어스킨의 선택을 받아 ⓓ슈퍼 솔저 혈청을 주입받으며 초인이 된다. 스티브 로저스 이전의 피험자였던 ⓒ요한 슈미트는 자신이 유일한 초인으로 남기 위해 에이브러햄 어스킨을 암살한다. 스티브 로저스는 나치 독일에서 암약하는 요한 슈미트를 무찌르기 위해 전장에 나선다.

〈앤트맨〉의 주인공 ⓐ스콧 랭은 부당하게 이득을 취한 기업을 폭로하기 위해 의적처럼 강도 사건을 일으킨 전과자였다. ⓓ핌 입자를 발명한 ⓑ행크 핌은 그의 제자이자 그를 회사에서 내쫓은 배신자인 ⓒ대런 크로스가 핌 입자를 악용하는 것을 막기 위해, 도둑질에 일가견이 있으면서도 올바른 성품을 갖춘 스콧 랭에게 앤트맨 슈트를 주고 대런 크로스와 맞서기를 부탁한다.

〈닥터 스트레인지〉의 주인공 ⓐ스티븐 스트레인지는 자동차 사고로 장애를 얻은 전직 외과의다. 그는 손을 고치기 위해 곳곳을 떠돌다 마법사들의 수장이라 할 수 있는 ⓑ에인션트 원 밑에서 수련하며 재활에 성공한다. 그러던 중 에인션트 원이 소유한 금서 ⓓ칼리오스트로의 책을 빼앗으려는 타락한 마법사 ⓒ케실리우스에 의해 에인션트 원은 목숨을 잃고 만다. 스티븐 스트레인지는 스승의 부재를 대신하여 지구를 지키기 위해 차원을 넘나드는 싸움을 시작한다.

〈캡틴 마블〉의 주인공 ⓐ캐럴 댄버스는 기억을 잃은 채 외계 군대에 소속되어 싸우는 지구인이다. 그는 미션을 수행하는 과정에서 상사인 ⓒ욘-로그가 자신의 멘토였던 ⓑ웬디 로슨을 암살했으며, 이제껏 자신도 그에게 ⓓ초월적인 힘을 조종하기 위해서 이용당하고 있었음을 깨닫는다.

　이상의 정리를 보면 'MCU 페이즈 1'[5]에 속하는 〈아이언맨〉과 〈토르: 천둥의 신〉 그리고 〈퍼스트 어벤져〉는 원부살해신화의 구조를 별다른 차이 없이 반영하고 있으며, '페이즈 2'[6] 이후에 속하는 〈앤트맨〉과 〈닥터 스트레인지〉 그리고 〈캡틴 마블〉은 조금씩 변화를 주었으나 큰 틀 안에서는 동일한 구조를 반복하고 있음을 알 수 있다.

5　〈아이언맨〉부터 〈인크레더블 헐크〉, 〈아이언맨 2〉,
　　〈토르: 천둥의 신〉, 〈퍼스트 어벤져〉 그리고 〈어벤져스〉까지를 지칭.
6　〈아이언맨 3〉부터 〈토르: 다크 월드〉, 〈캡틴 아메리카: 윈터 솔져〉,
　　〈가디언즈 오브 갤럭시〉, 〈어벤져스: 에이지 오브 울트론〉 그리고
　　〈앤트맨〉까지를 지칭.

원부살해신화 구조의 기능적 장점

어째서 MCU는 원부살해신화의 구조를 차용하고 있는 것일까? 단순하게는 이 구조가 상업적으로 큰 성취를 일궜기 때문이라 답할 수 있을 것이다. 하지만 보다 더 깊이 질문해보자. 원부살해신화 구조가 상업적으로 큰 성취를 이루는 이유는 무엇일까? 프로이트가 『토템과 터부』에서 "종교, 도덕, 사회, 예술의 기원이 오이디푸스 콤플렉스에 집중되어 있다"고 주장했듯이 원부살해신화가 인류 문명에서 보편적으로 발견될 만큼 기능적인 장점이 있기 때문일 것이다.

　원부살해신화는 아동이 성인으로 성장하며 겪는 과정을 추상적으로 반영하고 있다. 아이에게 있어 어른은, 특히 가장 가까이에서 자신의 생존을 책임지는 성인은 강력한 권력을 가진 자다. 성인이 아동보다 신체적으로나 정신적으로 유리한 것은 어색한 일이 아니다. 그러니 아동이 상징적 아버지를 초월적인 존재로 인식하는 것 역시 그리 놀랍지 않다.

하지만 아동은 성장하면서 자신의 상징적 아버지에 대해 인식을 달리하게 된다. 어른이 된다는 것은 아동이 어릴 적 우러러보았던 성인과 자신이 근본적으로 다른 존재가 아님을 깨닫는 과정인 동시에, 어릴 적 우러러보았던 성인이 노화하여 자신보다 더 약해질 수 있다고 깨닫는 과정이기 때문이다. 성인이 된 과거의 아동은 상징적 아버지의 상징적 죽음을 체험하게 되는 것이다.

그 결과, 성인으로 변한 아동은 과거에 상징적 아버지와의 관계를 통해 이상적이라고 받아들인 상태를 추구하게 된다. 또한 상징적 아버지가 독점하고 있던 권력을 어떻게 계승하느냐는 문제에 답을 내리기도 한다. 이것이 바로 우리가 성장하는 과정에서 '토템과 터부'가 수행하는 각각의 기능이다.

원부살해신화는 평범한 인물이 신화적 인물이 되는 영웅 서사에서 일종의 모티프로 기능해왔다. 상징적 아버지의 "살해를 기점으로 주인공의 세상은 양분화되어 끝없는 전투에 휘말리는 과정"[7]은 그간 영웅 서사에서 반복적으로 나타났다. 지금 우리가 다루는 MCU의 슈퍼히어로 서사도 마찬가지다. 털이 나지 않던 부위에

털이 나고 짐승 같은 충동을 견디지 못하게 되는 늑대인 간처럼, 일상의 '나'가 슈퍼파워를 얻어 비일상의 '슈퍼 히어로'로 변하는 과정은 모두 2차 성징에 대한 노골적인 은유다.

다만, 그간의 연구가 원부 살해를 통해 어떻게 전투에 휘말리고 영웅이 되는가에 초점을 맞추어왔다면, 여기에서는 다른 한 가지를 더 짚고 넘어가고 싶다. 만약 이 서사의 주인공이 원부 살해를, 즉 자신의 신체가 변화하는 과정을 다르게 받아들인다면 어떻게 되는가? 2차 성징을 자신의 것으로 받아들인 경우에는 어른으로 성장하지만, 만약 자신의 신체가 변화하는 과정을 부정적으로 받아들이는 경우에는 어른이 아닌 짐승으로 퇴행하게 된다. 마치 처음에는 같은 제다이의 길을 걸었으나 결정적인 지점에서 2차 성징을 다르게 받아들여 서로 정반대의 길을 걷게 된 〈스타워즈〉의 다스베이더와 루크처럼 말이다. 이 갈림길의 기준이 바로 터부다.

프로이트에 따르면, 터부에는 상반된 방향이 존재한다. '터부'는 신성한(heilig), 성별(geweiht)이라는 의미를 지니고 있는가 하면, 다른 한편으로는 기분 나쁜(unheim-

---

7 이동은, 「디지털 게임 플레이의 신화성 연구: MMOG를 중심으로」, 이화여자대학교 대학원 박사논문, 2013, 66쪽.

lich), 위험한(gefährlich), 금지된(verboten), 부정한(unrein)이라는 의미를 지니고 있기도 하다.[8] 2차 성징을 눈앞에 둔 어린아이는 이미 성징을 가지고 있는 상징적 아버지를 통해 성스러운 규율을 마주하게 된다. 이 규율은 위에 설명한 바와 같이 신성하고 어겨서는 안 될 것으로 여겨짐과 동시에 이를 어길 시 부정적이고 위험한 것이 되기도 한다. 마치 슈퍼히어로와 슈퍼빌런을 가르는 것처럼 말이다. 이 두 가지의 다른 방향, 다른 선택지는 대비되기에 서로의 성격을 강화한다. 그래서 슈퍼히어로와 슈퍼빌런의 갈등이 슈퍼히어로 서사의 중심으로 자리 잡기 쉬운 것이다.

오해를 피하기 위해 밝혀두자면, 이러한 원부살해 신화의 구성은 보편적일지언정 한계점이 없는 것은 결코 아니다. 오히려 이것의 한계는 명백하다고 할 수 있다. 상징적 아버지의 죽음과 이를 계승하려는 아들 사이의 갈등은 어디까지나 가부장적인 서사에 국한될 수밖에 없으며, 계승으로부터 소외된 이들에게는 다른 형태의 서사가 요구되기 때문이다.

8 지크문트 프로이트, 「토템과 터부」, 『종교의 기원』(2판), 이윤기 옮김, 열린책들, 2003, 46쪽.

MCU와 DCEU의 차이

MCU에서 히어로 개인의 서사를 다루는, 시리즈의 1편에 속한 작품들의 공통점을 다시 설명해보자.

　①주인공의 기원-오리진 스토리를 다룬다.
　②주인공은 그의 상징적 아버지를 상실한다.
　③주인공은 이중적인 정체성 사이에서 갈등을 겪는다.
　④정당한 계승자인 주인공은 부당한 계승자와 싸운다.

MCU의 슈퍼히어로 서사와 원부살해신화를 비교한 앞의 장에서는 '③주인공은 이중적인 정체성 사이에서 갈등을 겪는다'는 점은 설명되지 않았다. 이 점은 영웅 서사의 보편적인 특징이며, 원부살해신화에서는 상징적 아버지를 향한 양가적 감정을 뜻한다. 이러한 특징을 녹

여낸 작품은 무척 많다. 그렇기에 MCU 작품과 원부살해신화를 단순 비교하는 것은 MCU의 특이점을 밝혀낸다기보다 모티프를 분석하는 것에 불과하다. MCU의 특이점은 DC 확장 유니버스(이하 DCEU)와 비교할 때 더 명확하게 드러날 것이다. 따라서 잠시 MCU와 DCEU 작품을 비교해보는 과정을 거치겠다.

먼저, DCEU에 속한 작품은 아니나 〈배트맨 2〉(1992)에 나온 한 장면을 예로 보자. 바로 브루스 웨인-배트맨과 셀리나 카일-캣우먼이 가면무도회장에서 만나는 순간이다. 다른 모든 이들이 가면을 쓰고 춤을 추는 이 공간에서 브루스 웨인과 셀리나 카일, 이 두 사람만은 맨얼굴로 서로를 마주본다. 이 장면이 암시하는 내용은 단순하고도 명쾌하다. 브루스 웨인과 셀리나 카일이야말로 가면 속에 숨은 거짓된 모습이며, 배트맨과 캣우먼이 그들의 진정한 정체라는 것이다. 가면을 씀으로써 자신의 온전한 정체성을 드러낸다는 역설이 DCEU에 속한 주요 캐릭터들의 매력이다.

그렇기에 DCEU의 주인공들은 가면 안팎의 갈등이 거의 없다. 클라크 켄트는 신문기자로 활동하며 억울한 대우를 받더라도 슈퍼맨의 정체성이 위협받지 않으며, 브루스 웨인은 대부호라는 장막 뒤에 숨어서 배트맨으로 활약하기 쉽도록 상황을 조절한다. 다이애나 프린스 역시 제1차 세계대전에 참전하며 위장 신분을 유지하는 데 피로를 느끼기는 하지만, 그 피로는 당시 사회가 여성에게 가하던 차별을 외부자이자 초월자인 원더우먼이 폭로하는 과정 중 하나로 제시될 뿐이다.

반면에 MCU의 주인공 중 대다수는 가면 안팎의 괴리로 인해 괴로움을 겪는다. 토니 스타크는 군수업체의 경영자로서 겪는 위험과 아크 원자로 체내 이식으로 인한 부작용, 우주에서 고립된 경험의 트라우마로 고통받는다. 하지만 그는 영웅이자 아이언맨으로서의 정체성을 유지하기 위해 이 괴로움을 견뎌야만 한다.

스티브 로저스 또한 마찬가지다. 그는 순박하고 올곧은 정신의 청년이었지만, 슈퍼 솔저이자 캡틴 아메리카로 활동하면서 친구를 잃고 조직 내부의 정쟁에 휘말리며 자신의 정치적 지향을 지키기 위해 범죄자로 내쫓기기까지 한다.

피터 파커와 스콧 랭 역시 그들의 슈퍼히어로 활동이 일종의 범법 행위이며 그로 인해 삶의 토대가 무너질 수 있다는 위험 속에서 아슬아슬한 줄타기를 반복한다. 이들 모두가 비일상에서의 슈퍼히어로 활동이 일상에서의 자신을 위협하며, 반대로 일상에서의 자신을 지키려고 하면 비일상에서의 슈퍼히어로 활동을 멈춰야 한다는 이율배반 속에서 고통받는 것이다.

MCU와 DCEU 사이의 차이는 어디에서 기인하는 것일까? 이 질문에 답하기 위해서는 우선 '가면'에 대해 언급해야 한다. 모든 히어로는 일종의 가면을 쓰고 나타난다. "분열된 주체는 존재가 결여된 주체의 공백을 메워줄 허구적 이미지를 필요로 하기 때문이다."[9] 히어로라는 가면을 쓴 이들은 일상과 동시에 슈퍼히어로로서의 비일상을 살아간다. 주인공이 일상과 비일상의 간극을 어떻게 대하느냐는 히어로 자신이 어떻게 분열된 주체를 응시하고 환상을 가로지르느냐와 연관되어 있다.

이것이 바로 두 세계관의 주인공들이 일상과 비일상 사이를 대하는 태도의 차이를 만든다. 즉, MCU의 토니 스타크, 스티브 로저스, 피터 파커, 스콧 랭은 일상을 사는 일반인에서 비일상을 사는 초인으로 거듭난 반면에, DCEU의 슈퍼맨, 배트맨, 원더우먼은 비일상을 사는 초월적인 존재들이 일상을 사는 일반인으로 위장하며 지내는 것이다.[10] 물론 MCU에서도 가면 안팎의 갈등을 겪지 않는 인물들이 존재한다. 아스가르드 태생의

---

9 오윤정, 「라깡적 분열 주체와 가면의 논리」, 연세대학교 대학원 석사논문, 2005, 31쪽.

10 흥미롭게도, 한국의 온라인 커뮤니티에서는 배트맨을 '뱃신(bat+神)'이라는 별명으로 부른다. 배트맨을 슈퍼맨과 원더우먼처럼 인간이 아닌 신적인 존재로 구분하는 것이다.

신적인 존재로 분류되는 토르나 초인으로서의 기억만 가진 캐럴 댄버스, 왕족으로 태어난 티찰라 등이다. 이들은 가면 안팎의 갈등을 겪는 이들과 달리 개인의 성장 서사가 강조되지 않는다.

일상의 평범한 '나'가 슈퍼파워를 얻어 비일상의 슈퍼히어로가 되는 과정을 2차 성징에 대한 은유로 분석한다면, 가면을 쓰지 않은 '나'와 가면을 쓴 슈퍼히어로 사이의 괴리는 정신적, 경험적으로 미숙한 자아가 신체적, 사회적으로 성인다운 책임을 요구받을 때 생기는 괴리로 연결될 수밖에 없다. 그러니 이 둘 사이의 격차에서 괴리를 느끼지 못하는 캐릭터들은 작품 안에서 성장 혹은 변화를 겪지 않는 셈이다.

MCU와 DCEU가 일상과 비일상 사이를 대하는 태도의 차이는 곧 성장의 주체가 누구인지를 결정짓는다. 인간들의 이야기인 MCU는 주인공들이 성장해야만 하는 주체이지만, 신들의 이야기인 DCEU는 신들이 인간들에게 인간이 구원받을 만한 가치가 있는 존재인지를 증명하도록 요구한다. 주인공이 성장 혹은 변화를 경험하지 않는 작품에서는 주인공을 둘러싼 환경이 성장 혹은 변화를 겪게 마련이기 때문이다.

원부살해신화로 본
MCU의 서사 구조

2

MCU의 인물 유형

여기에서는 원부살해신화 구조에 맞춰 MCU 작품에 등장하는 핵심 인물들의 유형을 네 가지로 분류해본다. 이는 어디까지나 편의를 위한 구분으로, 원부살해신화가 장르 안에서 재구현될 때 인물들이 어떻게 구성되고 관계를 맺는지 분석하기 위한 툴이라는 것을 밝혀둔다. 이렇게 나눈 인물 유형은 개별 인물의 본질이라기보다는 원부살해신화의 구조를 바탕으로 작품을 분석할 때 인물들이 개별 장면에서 부여받은 속성 중 하나로 보는 것이 옳다. 하여 이 속성은 변할 수 있다.

네 가지 유형은 다음과 같다. ①주인공-광인으로서의 햄릿, ②히어로-복수자로서의 햄릿, ③상징적 아버지-선왕, ④빌런-클로디어스. 주인공의 연인이나 동료, 훼방꾼 등 이야기의 진행을 위해 필수적으로 등장하게 될 인물 유형에 대한 설명은 생략했다. 그럼, 각 인물 유형을 보다 자세히 분석해보겠다.

①주인공-광인으로서의 햄릿

MCU의 주인공들은 비일상의 영역에서는 멋진 슈퍼히어로지만, 일상에서는 다정한 이웃이자 공감대를 형성할 만큼 결핍을 가진 개인이기도 하다. 이들은 자신의 결핍을 메우기 위해 가면을 쓰고 슈퍼히어로가 되는 길을 택한다. 당연한 이야기이지만, 슈퍼히어로가 된다는 것은 손쉽게 고를 수 있는 선택지가 아니다. 몸에 착 달라붙는 슈트를 입어야 한다는 이유 때문만은 아니다.

우리는 현대 시민사회를 살고 있으며, 공동체 안의 불의를 해결하는 데에 사적 제재가 아닌 공권력을 따르기로 합의했다. 그런데도 자경단이라고 할 수 있는 슈퍼히어로로 활동하기 위해서는 그만큼의 강한 동기가 요구된다. 무엇이 주인공을 슈퍼히어로라는 자경단 활동으로 몰고 갈까? 어떤 이유가 관객과 독자들로 하여금 주인공의 범법 행위를 용인하게 만들까? 그 답은 간단하다. 이들에게는 일반적인 방법으로는 갚을 수 없는 막대한 빚이 있기 때문이다. 그리고 이 빚은 저주라고 해도 무방할 것이다.

주인공이 받은 저주란 바로 상징적 아버지의 죽음 그 자체다. 햄릿이 광인인 척 자신을 연기하며 복수자의 길을 선택한 이유가 선왕의 원혼을 목격했기 때문이었던 것처럼 말이다. MCU의 주인공들은 대부분 자신이 빚진 존재라고 할 수 있는 상징적 아버지의 상직적 죽음을 겪어야만 했다. 그리고 그 과정에서 상징적 아버지가 남긴 유언은 저주처럼 그들의 인생을 옭아맸고 또 그들을 슈퍼히어로의 삶으로 내동댕이쳤다.

이러한 상실은 곧 주인공을 윤리적인 책무로 몰고 간다. MCU에 포함되지는 않으나, 좋은 슈퍼히어로 서사의 충실한 모범이 되었던 〈스파이더맨〉(2002)을 예시로 들어보자. 이 작품에서 주인공 피터 파커는 아버지나 다름없던 삼촌, 벤 파커가 목숨을 잃기 전 자신에게 충고했던 "큰 힘에는 큰 책임이 따른다"라는 말에 강박적으로 종속된 인물이다.

그가 이 유언이나 다름없는 조언에 종속된 이유는 분명하다. 본인에게 벤 파커의 죽음에 대한 실질적인 책임이 있다고 여기기 때문이다. 피터 파커는 강도가 도망치는 상황을 목격했으나 자신의 일이 아니라며 무시했고, 그렇게 불의에 눈감은 결과 그 강도가 자신의 삼촌을 우발적으로 살해하는 비극으로 이어졌다. 피터 파커는 초인적인 힘을 갖고서 수많은 사람들을 구하지만, 그어떤 선행으로도 한 번의 비극에 대한 책임을 지워버리지는 못한다.

벤 파커가 남긴 "큰 힘에는 큰 책임이 따른다"는 유언은 완수되는 것이 불가능한 명령이다. 왜냐하면, 그명령을 잘 지켰다고 임무를 완수했다고 선언할 수 있는유일한 인물인 벤 파커가 이미 죽어서 이 세상에 없기때문이다. 이는 일종의 원죄라고도 할 수 있을 것이다.

토테미즘 종교는 아들들의 죄의식에서 생겨난 것이다. 말하자면 이 죄의식을 완화시키고, 그동안 유예되어 왔던 복종을 통하여 아버지와 화해하고자 하는 시도인 것이다. 후대의 종교도 모두 동일한 문제를 해결하려는 시도로 보인다. 물론 종교는 그 종교가 생성된 시기의 문화 상태에 따라, 채택하는 방법에 따라 다르기는 하다. 그러나 모든 종교는 같은 목표에 대한 겨냥인 것이고, 문화의 발단이 되었던 그 사건, 문화 살림이 시작된 이래 단 한 번도 인류를 가만히 내버려 두지 않았던 동일한 대사건에 대한 반응인 것이다.

—

지크문트 프로이트, 「토템과 터부」, 『종교의 기원』(2판),
이윤기 옮김, 열린책들, 2003, 182~183쪽.

프로이트가 이야기한 바와 같이, 현대판 신화라고 할 수 있는 MCU 또한 토테미즘을 비롯한 다른 종교와 유사한 목표를 겨냥하고 있는 셈이다. MCU의 슈퍼히어로들은 상징적 아버지를 상실했으며 그에 대한 부채 의식을 해소하기 위해 슈퍼히어로로 활동한다. 그리고 그들은 이 부채 의식을 해소하기 위해 단 하나의 선택지만 고를 수 있다. 그 선택지란 바로 자기희생이다. 이는 곧 이미 죽어버린 상징적 아버지의 지위에 도달하는, 그와 동일시될 수 있는 유일한 길이기도 하다. 물론 이렇게 주인공이 죽음에 이를 경우 후속 시리즈로 이어지지 못하기에, 이들은 상징적 죽음을 경험한 뒤 상징적 부활로 다시 태어나곤 한다. 그렇기에 피터 파커는 죽을 때까지, 가끔은 죽어도 되살아나서 "큰 힘에는 큰 책임이 따른다"는 정언명령을 이행해야 하는 것이다.

논리적으로 보았을 때 주인공은 상징적 아버지의 죽음에 책임이 없을 수도 있다. 하지만 애초에 이 문제에서 중요한 것은 사실관계나 법적 책임 공방이 아니다. 이 문제는 윤리적인 성찰과 강박 사이를 헤매게 만드는 미로에 더 가까울 것이다. 따라서 '광인으로서의 햄릿'인 주인공이 등장하는 서사 구조는 다음과 같이 설명할 수 있다. ⓐ주인공이 ⓑ상징적 아버지를 ⓒ어떠한 이유에서 상실하는 경험을 겪고, ⓓ자신을 희생하여 상징적 아버지와 마찬가지의 모습이 되도록 죽음을 경험한 후 ⓒ상징적 부활을 경험하고 성장한다.

표2는 'MCU 페이즈 1'에서 원부살해신화 구조를 차용한 〈아이언맨〉, 〈토르: 천둥의 신〉, 〈퍼스트 어벤져〉의 해당 서사 구조를 표로 정리한 것이다.

페이즈 1의 작품 중 대다수는 원부살해신화의 구조를 매끄럽게 반영한 반면, 페이즈 2의 〈앤트맨〉 이후 작

작품명	〈아이언맨〉 (2008)	〈토르: 천둥의 신〉 (2011)	〈퍼스트 어벤져〉 (2011)
주인공(ⓐ)	토니 스타크	토르	스티브 로저스
상징적 아버지(ⓑ)	하워드 스타크 / 호 인센	오딘	에이브러햄 어스킨 / 버키 반즈
상실의 원인(ⓒ)	방종한 생활 / 스타크인더스트리의 비리와 무기 밀수	무분별한 통치관 / 가족에 대한 무관심	자신의 무능력함 / 전선 뒤에서 선전 활동에만 치중했다는 과오
자기희생(ⓓ)	죽을 위기를 감수하면서도 아크 원자로를 폭주시켜 오베디아 스탠을 저지함	로키가 보낸 디스트로이어에 목숨을 바치는 대가로 지구의 안전을 요구	비행기가 미국 동부에 떨어지는 것을 막기 위해 그린란드에 강제로 추락
부활의 이미지(ⓔ)	기절한 상태에서 아크 원자로 폭주의 피해를 벗어남	묠니르를 들 수 있는 자격을 되찾음	쉴드를 통해 발견되어 21세기 뉴욕에서 깨어남

[표2] MCU 페이즈 1의 주인공이 '광인으로서의 햄릿'으로 등장하는 서사 구조

품들에 이르러서는 조금씩 변주가 더해지기 시작해 상징적 아버지와의 관계보다 무언가를 상실하고 이를 되찾으려는 과정으로 무게중심이 옮겨진다. 그런데도 원부살해신화의 큰 틀은 무너지지 않았기에 페이즈 1만큼의 강렬한 고착은 아니더라도 페이즈 2의 주인공들 역시 여전히 상징적 아버지와 관계를 맺으며 그를 상실하거나 그에 준하는 경험을 한다.

'MCU 페이즈 2'의 서사 구조를 정리하면 다음과 같다. ⓐ주인공이 ⓑ'상실의 대상'를 ⓒ어떠한 이유에서 상실하는 경험을 겪고, ⓓ자신을 희생하여 상징적 아버지와 마찬가지의 모습이 되도록 죽음을 경험한 후 ⓔ상징적 부활을 경험하고 성장한다.

페이즈 1이 '광인으로서의 햄릿'의 서사 구조를 그대로 답습했다면, 페이즈 2는 상실의 대상이 상징적 아버지로 국한되어 있지 않다. 표3에서는 〈앤트맨〉,〈닥터 스트레인지〉,〈캡틴 마블〉을 통해 페이즈 2 이후의 주인공들에게 공통적으로 발굴되는 요소들을 상실의 대상, 상실의 원인, 자기희생, 부활의 이미지라는 네 가지 항목을 중심으로 정리했다.

상실의 대상이 상징적 아버지로 한정되지 않는 이유는 무엇일까? 이는 페이즈 1의 주인공들에 비해 페이즈 2 이후의 주인공들은 사회적으로 보다 성숙한 위치

작품명	<앤트맨> (2015)	<닥터 스트레인지> (2016)	<캡틴 마블> (2019)
주인공(ⓐ)	스콧 랭	스티븐 스트레인지	캐럴 댄버스
상실의 대상(ⓑ')	캐시 랭	양손과 과거의 명성	자신의 기억 / 과거의 파트너와 가족
상실의 원인(ⓒ)	전과 경력 / 생활력 부재	자신의 경솔함 / 의술의 한계	외계인의 공격 및 세뇌
자기희생(ⓓ)	딸을 구하기 위해 목숨을 걸고서 양자영역에 진입	지구를 구하기 위해 무한에 가까운 패배를 경험함	지구의 삶을 버리고 태양계 바깥으로 떠남
부활의 이미지(ⓔ)	무의식 속에서 현실로 귀환	적의 항복을 받아내고 지구로 귀환	닉 퓨리의 연락을 받고 지구로 귀환

[표3] MCU 페이즈 2의 주인공이 '광인으로서의 햄릿'으로 등장하는 서사 구조

에 있는 인물이며, 정신적 성장을 일정 이상 완수했거나 더 필요로 하지 않기 때문으로 보인다.

〈앤트맨〉의 주인공인 스콧 랭은 보다 더 성장해야만 하는 아이가 아니다. 도리어 그는 한 아이의 아버지이며, 비록 이혼했을지언정 결혼 경험도 있는 성인이다. 다른 작품이라면 상징적인 아버지의 역할을 완수했을 행크 핌과 스콧 랭의 관계도 마찬가지다. 스콧 랭이 이 모든 여정에 앞서게 된 이유 중 하나는 행크 핌과 마찬가지로 자신도 딸을 가진 아버지이며, 딸을 위해서라도 세계의 평화를 지켜야 하지 않겠느냐는 설득에 감화된

덕이었다. 즉, 스콧 랭을 움직이게 만든 죄의식은 그보다 강한 존재, 그가 계승해야만 할 누군가가 아니라 그보다 약한 존재, 그가 유산을 남겨야 할 누군가를 위함이었던 것이다.

〈닥터 스트레인지〉와 〈캡틴 마블〉의 주인공들 역시 스콧 랭과 다르지 않다. 이들은 자신에게 유산을 남겨준 누군가와 안정적인 거리감을 유지하고 있으며, 그들의 유지(遺旨)를 동등한 위치에서 이어나가고자 한다. 그렇기에 이들은 작품 안에서 상징적 아버지의 결함을 발견하며, 이를 어렵지 않게 수용하고 나아가 더 발전하기 위해 노력까지 한다.

MCU의 주인공들은 상실의 경험을 통해 일상에서 쫓겨나 비일상으로 던져지게 된다. 그리고 그들은 이제껏 가지고 있던 일상의 결여를 정면으로 마주하지 못한 채 비일상의 영역으로 우회해서 문제를 해결해야 하는 상황에 처한다. 이 인물들은 일상에서의 결여와 비일상에서의 문제가 실은 동일한 것이었음을 깨닫고 스스로와 화해하기 전까지, '나'와 슈퍼히어로라는 이중의 정체성 사이에서 끊임없는 갈등을 겪게 될 것이다.

②슈퍼히어로-복수자로서의 햄릿

'복수자로서의 햄릿'에 대해 설명하기 이전에 왜 이 글이 슈퍼히어로의 변신을 '가면'으로 풀어나가는지 짚고 넘어가고자 한다. 슈퍼히어로의 변신을 단순한 변신 모티프로 접근하는 연구와 달리 이 글에서 집중하고자 하는 것은 슈퍼히어로가 가면을 씀으로 인해서 어떻게 자신의 주체를 다르게 미끄러져 응시하고, 욕망을 억압하는지 살펴보는 것이다. 히어로물은 '누군가가 변신하게 되는 이야기'가 아니다. '변신을 통해서 성장하거나 변화하는 이야기'이다.

'광인으로서의 햄릿'이 무언가를 상실한 후 이를 자기희생으로 채워 넣고자 한다면, '복수자로서의 햄릿'은 가면으로 분리되는 일상과 비일상 사이에서 방황한다. 슈퍼히어로는 주인공과 정반대되는 성질을 가진 경우가 많다. 방정맞고 유쾌한 토니 스타크는 가면을 쓰면 엄숙하고 진지한 아이언맨이 된다. 심지어 시리즈의 1편 〈아이언맨〉에서는 토니 스타크가 아이언맨 슈트를 입으면 목소리부터 달라진다. 침착하고 지적인 브루스 배너는 헐크로 변할 때마다 흥분을 참지 못하고 파괴적으로 행동한다. 소극적이고 부끄러움이 많은 피터 파커도 스파이더맨으로 변장한 뒤에는 산만하고 유쾌한 농

담을 던지기 시작한다.

　여기에는 기능적인 이유가 있다. 『지킬 박사와 하이드 씨』나 『쾌걸 조로』와 마찬가지로, 이중의 정체성은 상반된 성격일 때 서로의 개성을 더더욱 강조하고 캐릭터의 인상을 강하게 만들어주기 때문이다. 캐릭터의 성격을 조형할 때만 유리한 것도 아니다. 일상을 살고 있는 주인공에게 문제가 생겼을 때 비일상에서 활약하는 슈퍼히어로가 승승장구하거나, 반대로 주인공의 일상은 순탄하게 흐르는 반면 비일상에서 슈퍼히어로가 위협에 처하는 식으로 작품 안에서 긴장과 이완을 자유자재로 조정하며 강한 대비를 주는 데도 유리하다.

　물론 이것이 필수적인 요소는 아니다. 주인공이 일상을 유지하기 위해 슈퍼히어로라는 비일상의 정체성을 숨겨야 할 때만 이런 기능이 작동하기 때문이다. 실제로 토니 스타크는 자신이 아이언맨이었음을 밝힌 이후 가면을 썼을 때와 벗었을 때의 성격이 크게 다르지 않고, 처음부터 가면을 쓰지 않았던 토르 또한 초인적인 힘을 발휘할 때와 그렇지 않을 때의 성격적 차이가 존재하지 않는다.

　각 슈퍼히어로 시리즈의 1편에서 가면은 주인공이 이제껏 억압하고 있던 욕망을 표출하도록 돕는 기폭제가 된다. 가면에는 언제나 이러한 아이러니가 있었다.

정체를 숨겼기에 정체성을 내보일 수 있고, 물질적인 가면을 쓰는 것으로 정신적인 가면을 벗는다는 아이러니 말이다.[11] 하지만 이는 곧 주인공이 일상에서 갖고 있던 결여를 비일상으로 우회해서 채우려고 한다는 뜻이기도 하다. 그리고 이러한 우회는 필연적으로 일상의 결여를 더 키우는 결말을 가져오게 된다. 그가 비일상의 영역에서 가면을 쓴 채 얻은 성취는 일상의 영역에서 가면을 벗었을 때 그의 것이 아니게 되기 때문이다.

결국 주인공이 억압된 욕망을 달성함에 있어 가장 큰 방해물은 가면을 쓴 슈퍼히어로로, 즉 자기 자신이다. MCU에 소속된 작품은 아니나 〈스파이더맨〉(2002)을 다시 예로 들어보자. 이 작품에서 피터 파커는 메리 제인과 맺어지기만을 학수고대하지만, 그가 스파이더맨이 되어 활동하면서 메리 제인은 피터 파커가 아닌 스파이더맨과 사랑에 빠지게 된다. 피터 파커가 사랑을 이루기 위해서는 다른 누구도 아닌, 진정한 자신이라고 할 수 있는 스파이더맨을 넘어서야만 하는 것이다.

위의 설명에 기반하여 '복수자로서의 햄릿'이 가지

---

11   이 가면을 통한 이중적인 정체성의 충돌은 시리즈가 진행되면서 그 형태가 반전되기 시작한다. 주인공의 정체가 세간에 알려지면서, 주인공은 가면을 쓸 때마다 사회가 슈퍼히어로에게 요구하는 보다 높은 기준을 충족시켜야만 한다는 의무감에 사로잡히기 때문이다.

는 서사 구조는 아래와 같이 정리할 수 있다. ⓐ일상에서의 결여를 가지고 있던 주인공은 가면이라는 ⓑ비일상을 통해 우회하여 결여를 극복하고자 하지만, 이는 오히려 ⓒ결여를 강화시킨다. 결국 주인공은 가면을 통해서는 아무것도 할 수 없다는 것을 깨닫고 가면을 넘어서 ⓓ일상과 비일상의 화해를 이루어낸다.

MCU 작품 중 주인공이 일상과 비일상의 영역을 분리하기 위해 정체를 숨겨야만 했던 〈아이언맨〉, 〈인

작품명	〈아이언맨〉 (2008)	〈인크레더블 헐크〉 (2008)	〈앤트맨〉 (2015)
일상에서의 결여(ⓐ)	군수산업을 유지하며 생기는 사회적인 병폐	감마선 실험 사고로 초인이 되어 도피 중	전과 경력으로 인해 취업에 실패하고 딸을 부양하지 못함
비일상을 통한 우회(ⓑ)	아이언맨이 되어 분쟁 지역을 무력으로 제압	괴력을 사용해 추적해 온 군대를 쫓아냄	연구소에 들어가 핌 입자를 훔쳐 오는 조건으로 추가 기소를 받지 않음
결여의 강화 (ⓒ)	아이언맨 기술을 탐내는 기업 내 부패 세력이 폭주	헐크를 잡기 위해 추가로 강행한 감마선 실험의 피험자였던 군인이 폭주	연구소 소장이 복수를 위해 딸의 생명을 위협
일상과 비일상의 화해(ⓓ)	기업 내 부패 세력 일소 후 친환경에너지산업으로 전환	요가를 통해 감정 조절 능력을 획득	믿을 만한 아버지임을 증명해 전처와 가족들과 화해

[표4] MCU의 주인공이 '복수자로서의 햄릿'으로 나타나는 서사 구조

크레더블 헐크〉, 〈앤트맨〉을 위에서 언급한 네 가지 항목을 중심으로 분석하면 표4와 같다.

주인공들은 가면을 쓰는 것으로 문제를 해결하려고 하나 이는 결과적으로 그들을 더 큰 궁지로 몰고 간다. 가면을 씀으로 인해 그들은 자신의 문제를 해결하기 위해서는 결국 가면을 벗어야 한다는 것을 깨닫게 된다. 여기서 슈퍼히어로의 가면이 일종의 토템으로 기능하기도 한다는 사실을 떠올려보자. 이는 비약이 아니다. 애초에 〈블랙 팬서〉의 무대가 되는 가상의 국가인 와칸다는 토테미즘의 잔재가 남아 있으며 왕국의 대표자가 검은 표범의 가면을 쓰고 활동하지 않던가?

그들은 아버지의 대용인 이 동물과의 관계를 통해 아버지에 대한 강렬한 죄의식을 삭이고, 아버지와 일종의 화해를 시도한다. 그러니까 토템 체계는 그 자체가 아버지와의 계약인 셈이다. 이 계약에서 아버지는 자식들에게, 자식들의 유치한 상상력이 아버지에게 요구할 수 있는 것-보호, 배려, 그리고 관용-을 약속하는 한편, 그들 편에서는 아버지의 목숨을 존중하겠다고, 친부의 죽음을 초래한 행위를 다시 반복하지 않겠다고 서약하는 것이다.

—

지크문트 프로이트, 「토템과 터부」, 『종교의 기원』(2판),

이윤기 옮김, 열린책들, 2003, 182쪽.

형제들 개개인으로 하여금 아버지를 죽인다는 하나의
목적 아래 함께 뭉치게 했던 것은 그 아버지를 닮고 싶
다는 소망이었다. 그리고 토템 향연에서 아버지의 대용
물이 되는 토템 동물의 일부를 먹는 것은 이러한 소망의
표현이었다. 그러나 이러한 소망은 형제 부족에 속하는
그 사회 구성원들의 압력 때문에 성취되지 못한다. 이로
써 어떤 형제들도 아버지의 절대적인 권력을 장악하지
못하게 되는 것은 물론 장악할 꿈도 꾸지 못하게 된다.

—

지크문트 프로이트, 「토템과 터부」, 『종교의 기원』(2판),
이윤기 옮김, 열린책들, 2003, 187쪽.

앞서 초인이 되는 과정이 신체적인 성장에 대한 은유라
고 지적했던 바와 같이, 가면이라는 토템 또한 프로이트
가 분석한 그대로의 기능을 가진다. 주인공이 가면을 쓰
는 행위는 곧 상징적 아버지의 대용물이 되는 토템 동물
의 일부를 먹는 행위와 다르지 않다. 상징적 아버지처럼
되고 싶다는 욕망의 발현이나 다름없는 것이다.

그리고 비일상의 초인으로 남고자 하는 욕망은 곧
일상의 문제를 더욱 키울 뿐이며, 그들이 일상에서의 문

제를 먼저 해결하지 않고서는 이 욕망은 결코 달성될 수 없다는 결론으로 마무리된다. 토템 동물의 일부를 먹더라도 형제 부족에 속하는 그 사회 구성원들의 압력으로 인해 상징적 아버지와 같은 지위를 달성하지 못하는 것처럼 말이다.

③상징적 아버지-선왕

이제까지는 주인공의 유형에 따라 MCU의 작품이 어떤 구조를 가지는지 살펴보았다. 이번 챕터는 슈퍼히어로물에서 주인공에게 가면을 쓰게 만드는 중요한 역할인 상징적 아버지에 대해 설명하고, 이 캐릭터가 작동하는 방식을 분석해본다.

상징적 아버지는 주인공에게 있어 일종의 멘토인 인물로, 작중에서 죽거나 그와 유사한 상태에 빠짐으로써 주인공이 그의 유지를 받들어 슈퍼히어로로 활약할 계기를 만드는 역할을 한다. 주인공은 이 인물을 애도하고 그의 유산을 계승하게 된다. 이 복잡한 절차는 곧 자식이 부모의 곁을 떠나 독립하는 성장의 과정이자, 주인공이 자신의 상징적 아버지와 같은 존재로 거듭나는 변화의 과정이라고 할 수 있다.

상징적 아버지는 죽어야만 한다. 그렇지 않고서는 이야기가 출발하지 못한다. 상징적 아버지가 살아 있는 한, 모든 것이 안정되고 평탄하도록 유지하는 무언가가 존재하는 한 어떠한 갈등이나 충돌도 생길 수 없기 때문이다.[12] 상징적 아버지가 건재하면 이러한 문제 요소들을 직접 해결할 것이고, 상징적 아버지가 있음에도 불구하고 해결되지 않는다면 상징적 아버지가 제 역할로서 기능하지 못한다는 이야기나 다름없다. 상징적 아버지란 그런 존재다.

물론 이런 초월적인 권력을 가진 누군가가 현실에 존재할 수는 없다. 그럼에도 불구하고 상징적 아버지는 현실에서 완벽하게 그 기능을 달성한다. 정확히 말해, 상징적 아버지는 그가 죽은 후에야만 상상적으로 그 지위에 올라선다. 상상적인 형태로 그 지위에 올라 숭배를 받으면서 현실에 그 위력을 발휘하는 것이다.

[12] 미국의 신화학자 조지프 캠벨은 아버지와의 화해를 영웅이 모험을 시작한 입문 단계에서 다룬다. 아버지의 무서운 입문 의식 경험에서 영웅은 이러한 무섭고 잔인한 측면에 자신의 유아기 장면이 투사됨을 깨닫고 아버지와 화해를 해야만 영웅의 임무를 다할 수 있다. 이는 지금 이 글에서 프로이트의 토템과 터부를 기반으로 제시하는 아버지에 대한 입장과는 다른 접근이다.

이들은 저희들 권력욕과 성욕의 막강한 장애물인 아버지를 한편으로는 원망하면서도 한편으로는 사랑하고 찬미한다. 그들이 아버지를 제거함으로써 그 증오를 해소하고 그와 동일시하려는 자신들의 소망을 성취시키고 나면, 이때까지 억눌려 있던 애정이 고개를 드는 것이다. 이것은 통상 자책이라는 형태로 나타난다. 이어서 죄의식이 생겨나는데, 이것은 무리 전체의 집단적 자책과 일치하게 된다. 이로써 죽은 아버지는 살아 있을 때보다 더욱 강력한 아버지가 된다.

—

지크문트 프로이트, 「토템과 터부」, 『종교의 기원』(2판),
이윤기 옮김, 열린책들, 2003, 181쪽.

MCU에서 원부살해신화 구조를 따르는 작품의 주인공들, 특히 페이즈 1의 주인공들은 이렇게 상징적 아버지를 상실하는 경험을 겪는다. 그리고 그들은 상징적 아버지를 상실한 뒤에야 상징적 아버지의 위대함을 깨닫는다. 위 인용문을 반영하자면, 상징적 아버지는 상실되었기에 위대함을 얻는다고 해석할 수 있다.

토니 스타크는 생물학적 아버지이기도 했던 하워드 스타크에게 양가적인 감정을 갖고 있었으며, 그에 대한 애도에 반복적으로 실패하는 모습을 보인다. 특히 〈캡

틴 아메리카: 시빌 워〉(2016)에서 그는 부모의 죽음에 얽힌 진상을 알고 이성을 잃는 모습을 보이며, 〈어벤져스: 엔드게임〉(2019)에서는 시간여행을 통해 과거로 가서 아버지를 다시 만날 때조차도 그를 대하기 어려워할 정도였다.

이러한 애도의 실패야말로 상징적 아버지의 영향력을 증명한다. "죽은 아버지가 살아 있을 때보다 더 강력한 존재가 되면 아들들은 이전에는 아버지라는 존재가 방해하던 일들을 스스로 금"[13]하며, 이러한 터부의 수용이야말로 주인공을 슈퍼히어로로 만드는 가장 강력한 기제인 것이다.

이렇게 상징적 아버지가 작동하는 방식은 현실을 넘어서는 기억의 영역, 상상의 과정이기에 그가 진실로 선량한 인물이었는지는 알 수 없다. 실제로 시리즈 1편에서 상징적 아버지의 역할을 담당했던 캐릭터가 그 속편에서 과거에 저지른 부정을 폭로당하기도 하니 말이다. 하지만 이러한 사실관계는 큰 문제가 아니다. 중요한 것은 상징적 아버지가 죽음을 통해 주인공의 초자아로 군림하며 그에게 금기를 부여한다는 것이다. 이로써

---

13   지크문트 프로이트, 「토템과 터부」, 『종교의 기원』(2판), 이윤기 옮김, 열린책들, 2003, 181쪽.

주인공은 상징적 아버지가 내린 유언의 집행자가 되어 그 임무를 완수하기 위해 여정을 떠나야만 한다.

상징적 아버지들이 빚만 지우고 떠나는 것은 아니다. 이들은 주인공에게 커다란 유산도 남긴다. 물론 그 커다란 유산이야말로 주인공을 궁지로 몰아넣는 가장 큰 골칫덩이가 되기도 하지만 말이다. 표5는 MCU의 상징적 아버지와 그들이 남긴 유지 및 유산을 정리한 것이다.

작품명	<아이언맨> (2008)	<토르: 천둥의 신> (2011)	<퍼스트 어벤져> (2011)
상징적 아버지	하워드 스타크 / 호 인센	오딘	에이브러햄 어스킨 / 미국
유지	아크 리액터의 완성 / 인생을 낭비하지 말 것	자만과 허영을 경계할 것	완벽한 병사가 아닌 올바른 인간으로 남을 것
유산	아크 리액터 기술 / 스타크인더스트리	아스가르드 / 묠니르	슈퍼 솔저 혈청 / 별이 그려진 방패

[표5] MCU의 '상징적 아버지'가 남긴 유지와 유산

④빌런-클로디어스

슈퍼히어로에게는 빌런이 필요하다. 이는 어디까지나 기능적인 이유다. 일상의 '나'와 비일상의 슈퍼히어로가 서로 대비되어 캐릭터성을 강조했던 것처럼 슈퍼히어로와 빌런 역시 대비되면서 서로의 목적과 방향을 보다 강렬하게 보여준다.

앞서 주인공이 얻는 초인적인 힘을 2차 성징에 대한 은유라고 정리한 바 있다. 주인공은 초인적인 힘을 타인을 위해 사용하는 성장의 궤적을 그리는 반면, 빌런은 똑같이 초인적인 힘을 얻고서도 자신만을 위해 사용하는 퇴행의 길을 걷는다. 주인공과 빌런, 두 사람은 초인적인 힘을 얻는다는 동일한 변화를 겪지만, 그 힘을 사용하는 방향성은 정반대다. 이러한 대칭의 구조는 각 캐릭터의 성향을 부각시키면서 작품의 주제의식을 더 선명하게 전달하는 기능이 있다. 그렇기에 주인공과 빌런 사이의 대칭적인 구도는 일상과 비일상의 차원 양측에서 동시다발적으로 진행되는 경우도 있다.

『햄릿』으로 치면 클로디어스, 〈라이온 킹〉으로 치면 스카라고 할 수 있는 빌런은 선왕을 암살하고 그의 유산을 빼앗은 부당한 상속자라고 할 수 있다. 그리고 이 인물은 주인공과 달리 그 유산을 타인이 아닌 사리사

욕을 위해 사용하려고 한다. 주인공이 상징적 아버지를 긍정하고 그의 유산을 승계하려는 반면, 빌런은 상징적 아버지를 부정하고 그의 유산을 빼앗으려고 하는 셈이다. 빌런은 직간접적으로 상징적 아버지를 공격했으나 주인공과 마찬가지로 상징적인 아버지의 그늘 아래 있는 인물이다. 아니, 오히려 상징적 아버지에게 더 강하게 종속되었기에 주인공과 달리 자신의 손에 피를 묻히기까지 했다고 보아야 한다.

> 아버지가 제거됨으로써 생기는 상황 속에는 시간이 경과함에 따라 아버지에의 동경이 나날이 새로워지지 않을 수 없는 인자가 포함되어 있다. 아버지를 죽이기 위해 단결했던 형제들의 속마음에는, 아버지와 같은 존재가 되고 싶다는 소망이 자리 잡는다. 형제들 개개인으로 하여금 아버지를 죽인다는 하나의 목적 아래 함께 뭉치게 했던 것은 그 아버지를 닮고 싶다는 소망이었다.
>
> —
>
> 지크문트 프로이트, 「토템과 터부」, 『종교의 기원』(2판), 이윤기 옮김, 열린책들, 2003, 187쪽.

이러한 소망은 MCU의 빌런들에게서도 강하게 나타난다. 오베디아 스탠은 하워드 스타크나 토니 스타크를 질투했다. 로키와 대런 크로스는 오딘과 행크 핌으로부터 인정받기를 간절히 원했다. 요한 슈미트와 케실리우스, 욘-로그는 에이브러햄 어스킨과 에인션트 원 그리고 웬디 로슨이 독점하고 있는 지식과 기술을 빼앗고자 했다.

> 만일에 한 사람이 억압되어 있는 욕망을 분출시키는 데 성공한다면, 같은 욕망이 모듬살이의 전 구성원들의 욕망에 불을 지를 수 있다는 것이다. 이런 유혹의 불길을 끄려면, 선망의 대상이 되어 있는 터부 위반자로부터, 득의만만해 하는 구실을 박탈하지 않으면 안 된다.
>
> —
>
> 지크문트 프로이트, 「토템과 터부」, 『종교의 기원』(2판),
> 이윤기 옮김, 열린책들, 2003, 108쪽.

프로이트가 제시한 토템과 MCU에 등장하는 상징적 아버지를 동일하게 놓고 분석하면, 빌런은 토템을 죽인 뒤 그를 취해서 상징적 아버지와 같은 존재가 되고자 한, 터부를 저지른 존재라고 할 수 있을 것이다. 그리고 주인공은 터부를 저지른 자를 징벌해야만 하는 의무를 갖게 된다. 이러한 징벌 없이는 사회가 구성되지 못하기 때문이다. 그렇기에 빌런의 존재는 곧 슈퍼히어로의 존재를 정당화하기도 한다. 주인공이 슈퍼히어로 활동을 할 때는 법적으로나 사회적으로나 당위성이 필요하다. 경찰이나 군대 같은 공권력이 아닌 한낱 개인에 불과한 주인공이 가면을 쓰고 문제를 해결해야 하는 이유는 빌런에 의해 정당화된다. 빌런은 토템을 죽이면 안 된다는 터부를 어겨 힘을 얻었고, 동일하게 힘을 얻은 주인공 외에는 그를 막을 수 있는 사람이 아무도 없으니 말이다.

MCU의 플롯 구조

MCU의 작품들은 여타 할리우드 블록버스터와 마찬가지로 3막의 구조를 갖추고 있다. 여기서는 MCU의 작품들이 기존 3막 구조에 슈퍼히어로 서사의 디테일을 어떻게 더했는지 간략하게 정리하고자 한다. 또한 설명의 편의를 위해 시나리오 작가 블레이크 스나이더가 정돈한 3막 15장 구조를 분석의 틀로 삼을 것이다. 이 구조는 신화나 민담이 아닌 할리우드 영화 시나리오 시장에 최적화된 분석이기도 하다. 3막 15장 구조가 절대적이고 보편적인 진리가 아님은 분명하다. MCU의 작품들이 이 구조를 고스란히 따라가고 있는지에 대해서는 이론의 여지가 있다. 하지만 이에 따라 MCU의 작품들을 분석할 경우, 길고 지난한 설명을 몇 가지 용어를 반복하는 것으로 간략하게 축소할 수 있기에 시도해봄 직하다. 하지만 블레이크 스나이더의 법칙을 모두 설명하고 일일이 작품을 대입하지는 않을 것이다. 3막 15장 중에서도 ①설정, ②기폭제, ③토론, ④중간점과 악당이 다가오다, ⑤피날레라는 특기할 만한 장에 국한해서 MCU의 작품들을 분석해나가도록 하겠다.

①MCU의 '설정' 장

'설정' 장은 "시나리오의 처음 10쪽 내지 12쪽"[14]에 주로 나온다. 여기에서는 대부분의 등장인물과 그들의 현재 상태가 설명되어야 하며, 구성상의 문제로 몇몇 등장인물이 직접 등장하지는 못하더라도 최소한 간접적인 암시 정도는 이루어져야 한다.

MCU의 작품들은 특히 이 설정 장에서 반드시 다루는 요소가 있다. 그것은 바로 주인공이 얻게 될 슈퍼파워에 대한 정보다. 우리는 일상적으로 아이언맨 슈트를 만들거나 슈퍼 솔저 혈청을 주입받지 않는다. 그렇기에 이 특별한 상황에 대해 등장인물의 입을 빌려 설명할

---

14 블레이크 스나이더, 『Save the Cat!: 흥행하는 영화 시나리오의 8가지 법칙』, 이태선 옮김, 비즈앤비즈, 2014, 101쪽.

필요가 있는 것이다. 설명과 동시에 주인공이 초능력을 최초로 사용하는 장면 또한 나와야 한다. 그래야만 관객들이 이후 영화에서 펼쳐질 액션 장면을 기대할 수 있기 때문이다. 이 장은 게임의 캐릭터 튜토리얼과 동일한 기능을 가진다. 본격적인 게임 플레이에 앞서 캐릭터 조작법과 스킬을 이해해야 하는 것처럼, 영화의 관객들도 그러한 학습의 시간이 필요한 것이다.

설정 장은 애벌레가 번데기에서 나비로 우화하는 식의, 성장의 메타포를 담고 있기도 하다. 주인공은 처음으로 능력을 자각한 뒤 이 힘을 마음껏 써보려고 하지만, 아직은 능숙하게 이 힘을 통제하지 못한다. 마치 2차성징으로 급격히 변한 신체를 제대로 자각하지 못해 여기저기 부딪히는 아이처럼 말이다. 그리고 이러한 2차성징의 충격은 어떤 캐릭터에게는 쾌감이지만 어떤 캐릭터에게는 공포로 다가오기도 한다. 처음으로 아이언맨 슈트를 완성한 토니 스타크는 신나서 환호성을 지른 반면, 스콧 랭은 앤트맨 슈트를 입고 작아졌을 때 기겁하며 비명을 질렀다.

여기서 몇몇 주인공들은 히어로 명칭을 정하기도 한다. 스파이더맨이 스파이더맨이라고, 앤트맨이 앤트맨이라고 스스로를 칭하는 모습만큼이나 토테미즘이 연상되는 장면도 없을 것이다. 이들은 이제 "토템과 비숫한 외양을 차리거나, 토템 동물의 가죽을 몸에 두르거나 그 모습을 문신으로 새기는 식"[15]으로 외양을 가꾼다. 성장은 곧 성인이 된다는 이야기이고, 성인이 된다는 이야기는 곧 상징적 아버지와 마찬가지인 존재가 된다는 이야기이기도 하다. 그러니 이들이 스스로의 이름과 외양을 자신의 초능력을 상징하는 동물이나 자연현상을 연상할 수 있도록 고치는 일은 그들이 겪은 신체적인 변화를 토테미즘적인 성장의 형태로 인식하는 과정이라 해석할 수 있을 것이다.

②MCU의 '기폭제' 장

설정 장에서 주인공과 그 이웃들이 살고 있는 세계의 모습을 설명했다면 '기폭제' 장은 그 세계가 붕괴하는 장면을 다룬다. 기존의 일상이 무너지고 주인공이 새로운 비일상의 영역으로 내동댕이쳐지는 것이다. 블레이크 스나이더는 기폭제 장에 대한 예시를 다음과 같이 남겼다.

15　지크문트 프로이트, 「토템과 터부」, 『종교의 기원』(2판), 이윤기 옮김, 열린책들, 2003, 142쪽.

〈로맨싱 스톤〉에서 조운 와일더(캐슬린 터너 분)는 소포를 받는 사건을 계기로 남아메리카로 떠나게 된다. 〈레인맨〉에서 톰 크루즈는 아버지가 죽었다는 전화를 받는다. 〈금발이 너무해〉에서 리즈 위더스푼은 저녁식사 자리에서 약혼자에게 차인다. 이것들은 모두 기폭제가 되는 순간이다. 전보를 받거나 해고를 당하고, 아내가 다른 남자와 바람 피우는 광경을 목격한다거나 앞으로 살 날이 사흘밖에 남지 않았다는 소식을 접하고, 누군가가 갑자기 문을 두드리는 등의 사건이 이것이다.

—

블레이크 스나이더, 『Save the Cat!:
흥행하는 영화 시나리오의 8가지 법칙』,
이태선 옮김, 비즈앤비즈, 2014, 102~103쪽.

원부살해신화 구조를 차용한 MCU 작품들에서 기폭제의 역할은 상징적 아버지가 담당하는 경우가 많다. 햄릿이 선왕의 원혼을 마주하여 그로부터 죽음의 진상에 대해 들었던 것과 마찬가지로 MCU의 주인공들은 이 타이밍에 자신에게 큰 영향을 미친 누군가를 상실하고, 그 상실을 메울 방법을 찾아 헤매게 되는 것이다.

여기서 말하는 죽음이란 의학적인 진단만을 의미하는 것은 아니다. 〈토르: 천둥의 신〉(2011)의 오딘처럼

긴 잠에 빠지는 식으로 토르에게 영향을 미치지 못하게 되었거나 〈앤트맨〉(2015)의 행크 핌처럼 감시 대상에 올라 행동에 제약을 받는 경우도 마찬가지라고 할 수 있다.

〈스파이더맨〉(2002)이나 〈아이언맨〉(2008)은 이 장면의 비극성이 보다 극대화되는데, 왜냐하면 상징적 아버지의 죽음에는 그들 스스로가 가장 큰 책임이 있기 때문이다. 피터 파커는 도망치는 강도를 무시했다가 그 강도의 손에 삼촌 벤 파커를 잃었고, 토니 스타크는 그가 경영하는 기업에서 밀수출한 무기로 인해 그의 목숨을 살려준 호 인센이 죽는 모습을 지켜봐야만 했다. 그들은 이제 다시는 과거의 일상으로 돌아가지 못하게 된 것이다.

상징적 아버지의 죽음은 예수 그리스도의 대속과 같다. 신앙은 언제나 이런 대속에서 출발하기 마련이며, 이로 인해 죗값을 유예받은 이들은 채무자로 전락한다. 그리고 이 상징적 아버지의 죽음을 받아들이는 태도는 곧 슈퍼히어로와 빌런을 가르는 기준으로 작동하게 된다.

③MCU의 '토론' 장

슈퍼히어로와 같은 자경단 활동은 문명사회의 공공선을 해치는 일이다. 그럼에도 불구하고 주인공이 자경단 활동을 하기 위해서는, 또 관객들이 그 활동을 응원하기 위해서는 그 행위에 당위성이 있어야만 한다. '토론'의 장은 이 당위성을 관객들에게 설득시키는 장으로 기능한다.

> '토론' 장은 말 그대로 토론을 하는 장이다. 주인공이 "이건 말도 안 돼"라고 말할 마지막 기회다. '내가 가야 하나? 정말 가야 하나? 밖이 위험하기는 하지만, 그렇다고 어떡할 텐가? 여기 가만히 있을 수는 없지 않은가?'
>
> —
>
> 블레이크 스나이더, 『Save the Cat!:
> 흥행하는 영화 시나리오의 8가지 법칙』,
> 이태선 옮김, 비즈앤비즈, 2014, 104쪽.

"이건 말도 안 된다"는 주인공의 회의는 곧 이후 주인공이 겪을 여정이 얼마나 험난하고 고통스러운 선택인지 관객들에게 설명하는 순간이기도 하다. 동시에 그 길이 얼마나 고난스러운지 알고 있음에도 불구하고 슈퍼히어로로 활동하기를 결심하는 주인공의 용기와 고결함을 돋보이게 만드는 장치로도 작용한다. 그리고 앞선 장에서 주인공이 겪은 상징적 아버지를 향한 이 선택을 보다 단호한 결정으로 만들어준다. 주인공이 슈퍼히어로 활동을 결심하는 이 장면은 곧 상징적 아버지에 대한 애도가 시작되는 순간이며 지금까지의 일상에 작별을 보내는 시간이기도 하다.

토론 장에서 토니 스타크는 군수산업을 완전히 정리하겠다고 선언하며, 스티브 로저스는 상관의 명령을 무시하고 적진에 뛰어든다. 주변 사람들은 모두 그들의 선택을 어리석다고 힐난하지만, 작품이 완결될 무렵에는 평가가 180도 달라짐을 볼 수 있다.

④MCU의 '중간점'과 '악당이 다가오다' 장

'중간점'이란 주인공이 "'가짜 승리'를 하는 지점"[16]을 말한다. 실제 러닝타임에서도 대략 중간쯤 일어난다. 이 때 주인공은 가시적 성과를 이루며 2막 전반부를 마무리하게 된다. MCU의 작품들은 중간점에서 화려한 액션 장면을 넣고는 한다. 주인공이 슈퍼히어로로서 본격적으로 활동하는 장인 동시에 비일상의 영역에서 완벽한 승리를 경험하는 장이라고 할 수 있다. 이 파트에서 토니 스타크는 분쟁 지역의 테러리스트들을 제압했고 스티브 로저스는 첫 번째 전투에서 큰 전공을 세웠으며 스콧 랭은 어벤저스 기지에서 중요한 물품을 빼돌리는 데 성공한다. 이 장면은 주인공이 슈퍼히어로로서 자신이 얻은 초인적인 힘을 제어하고 있다는 방증이기도 하다.

이로 인해 기세등등해진 주인공은 다음 장인 '악당이 다가오다'에서 이내 큰코다친다. 앞서 일군 성과로는 자신이 가진 본질적인 문제를 해결할 수 없으며 원점으로 돌아가 처음부터 다시 고민해야 한다는 사실을 깨닫게 되는 것이다. 그렇다고 너무 좌절할 필요는 없다. 중간점이 가짜 승리였던 것처럼 절망의 순간도 "모든 것이 나빠 보이지만 사실은 일시적인 것에 지나지 않는 '가짜 패배'의 지점"[17]이기 때문이다.

악당이 다가오다 장에서는 주인공을 실질적으로 위협하는 빌런이 누구인지 명확하게 가시화된다. 그 악당은 지금까지 정체를 숨겨왔을 수도 있고, 이미 누구인지 알고 있었다면 그가 꾸미고 있던 사악하고 잔인한 음모가 폭로된다. 그리고 이러한 가시화와 폭로 뒤에는 주인공이 비일상의 슈퍼히어로로서뿐만 아니라 일상의 '나'로서도 선결해야 하는 문제들이 있음이 밝혀지게 된다.

결국, 앞에서 인용했던 바와 같이 주인공의 초인적

16 블레이크 스나이더, 『Save the Cat!: 흥행하는 영화 시나리오의 8가지 법칙』, 이태선 옮김, 비즈앤비즈, 2014, 111쪽.

17 블레이크 스나이더, 『Save the Cat!: 흥행하는 영화 시나리오의 8가지 법칙』, 이태선 옮김, 비즈앤비즈, 2014, 113쪽.

인 능력은 상징적 아버지를 닮고 싶다는 소망의 발현이나, "이러한 소망은 형제 부족에 속하는 그 사회 구성원들의 압력 때문에 성취되지 못"[18]하며 도리어 그 압력에 따르는 것이 사회화의 과정이라는 증명이기도 하다. 비일상의 슈퍼히어로와 일상의 '나'의 문제가 교차하는 장면은 분명한 기능이 있는 셈이다.

표6과 표7은 MCU 작품들의 중간점에서 악당이 다가오다 장으로 이행하는 순간을 중간점의 승리, 중간점에서 얻은 것, 악당이 다가오다의 패배, 악당이 다가오다의 원인으로 정리한 것이다. 중간점은 러닝타임의 중간에서 앞뒤로 10분을 포함했다. 표를 살펴보면 중간점의 승리가 곧 악당이 다가오다의 패배에 직간접적인 영향을 미쳤음을 알 수 있을 것이다.

18　지크문트 프로이트, 「토템과 터부」, 『종교의 기원』(2판), 이윤기 옮김, 열린책들, 2003, 187쪽.

작품명	중간점	
	승리	얻은 것
<아이언맨> (2008)	· 아크 리액터를 활용한 아이언맨 슈트로 테러리스트 제압 · 미 공군과의 추격전에서 인명 구조	· 생명의 은인에 대한 보답 · 슈퍼히어로로서의 자부심
<인크레더블 헐크> (2008)	추격해 오는 군인들을 무찌름	연인과의 재회
<토르: 천둥의 신> (2011)	쉴드 요원들을 제치고 묠니르를 찾음	묠니르의 선택을 받을 기회
<퍼스트 어벤져> (2011)	첫 번째 전투를 승리로 이끌고 포로들을 구출함	· 명예와 지위 · 최전선에서 활약할 기회
<앤트맨> (2015)	쉴드 기지에서 잠입 작전에 필요한 도구를 훔침	· 잠입 작전에 필요한 도구 · 팀원 사이의 신뢰

[표6] MCU의 '중간점' 장

작품명	악당이 다가오다	
	패배	원인
<아이언맨>	기업 내 배신자가 비리를 넘어 직접적인 암살을 시도	경영권에 이어 아크 리액터를 빼앗기 위해 악당이 개입
<인크레더블 헐크>	· 감마 실험의 새로운 피험체가 등장 · 실험의 실패	감마 실험의 새로운 피험체는 추격해 오는 군인 중 큰 부상을 입은 자였으며 복수를 위해 실험을 시도
<토르: 천둥의 신>	· 로키의 거짓말에 속음 · 묠니르로부터 선택받지 못함	무력에만 집착했기에 힘을 잃었음을 이해하지 못함
<퍼스트 어벤져>	· 동료의 전사 · 미 동부를 파괴할 최신 무기의 등장	전선 확장에 실패한 하이드라가 최신 무기로 일방적 폭력을 선택
<앤트맨>	경비 강화	팀원이 모인 모습을 발각당했기에 적의 위기감을 키움

[표7] MCU의 '악당이 다가오다' 장

⑤MCU의 '피날레' 장

'문제'의 주요 원인은-그것이 사람이든 사물이든-새로운 세계의 질서 수립을 위해 완전히 제거되어야 한다. (중략) 피날레는 새로운 세상이 탄생하는 곳이다. 주인공이 승리하는 것만으로는 충분하지 않다. 반드시 주인공이 세상을 바꾸어야 한다. 피날레는 이것이 일어나는 장이다. 그리고 이는 감정적인 만족을 안겨주며 이뤄져야 한다.

—

블레이크 스나이더, 『Save the Cat!:
흥행하는 영화 시나리오의 8가지 법칙』,
이태선 옮김, 비즈앤비즈, 2014, 117쪽.

'피날레'는 할리우드 블록버스터가 아니더라도 흔히 찾아볼 수 있는 장일 것이다. 지금껏 고조된 갈등의 결론이 나는 순간은 어떤 종류의 이야기에도 필요하니 말이다. 원부살해신화 구조를 차용한 MCU 작품들에는 이 파트에서 공통적으로 슈퍼히어로와 빌런의 결전이 이뤄진다. 슈퍼히어로와 빌런은 똑같이 초월적인 힘을 가졌지만 완전히 다른 선택지를 고른다. 슈퍼히어로는 이타적으로, 빌런은 이기적으로 자신의 힘을 사용하는 것이다. 이 결전에서 우위를 점하기 쉬운 것은 필연적으로 빌런이다. 슈퍼히어로는 다른 이들을 지키기 위해 싸우지만, 빌런은 다른 이의 안위를 지키기는커녕 인질로도 삼기 때문이다.

그런데도 혹은 그렇기에 더더욱 이 결전에서 승리하는 사람은 슈퍼히어로일 수밖에 없다. 왜냐하면 원부살해신화의 완성은 자기희생으로 마무리되기 때문이다. 상징적 아버지의 죽음으로 새로운 삶을 살게 된 주인공이 타인을 위해 목숨을 바치는 것으로 상징적 아버지에 대한 빚을 갚는 것이다. 그리고 자신의 모든 것을 바친 이 상황보다 더 큰 보상은 불가능하다.

> 아버지에게 최대한으로 보상하고 화해하는 바로 그 순간 아들은 아버지에 〈대항한다〉는 그 소망을 달성한다. 아들은 아버지와 함께, 아니 아버지를 대신해서 신이 되는 것이다. 이렇게 되면 아들의 종교는 아버지의 종교와 교대(交代)한다.
>
> —
>
> 지크문트 프로이트, 「토템과 터부」, 『종교의 기원』(2판), 이윤기 옮김, 열린책들, 2003, 192쪽.

프로이트는 『토템과 터부』에서 미트라스와 기독교의

차이를 황소를 도축하여 신에게 바치는 공회 제물과 그리스도의 대속을 위한 희생의 차이로 분석했다. 그리고 이 두 종교 사이의 경쟁에서 기독교가 승리한 이유에 대해 다음과 같이 제시한다. 토템 향연과 공회 제물 그리고 성찬식은 모두 동일한 뿌리를 가졌으나, 타인이 아닌 스스로를 제물로 바치는 것에서 출발하게 된 성찬식만이 상징적 아버지에 대한 죄의식을 갈무리하는 데 성공한다는 것이다. 빌런에 대한 슈퍼히어로의 승리 역시 마찬가지다. 빌런의 이기적인 악행과 달리 슈퍼히어로의 이타적인 희생만이 상징적 아버지와의 고착을 축출할 수 있으며, 나아가 독립된 개인으로 성장할 수 있는 유일한 길이기 때문이다.

MCU의 3부작 구조

앞선 정리는 어디까지나 MCU의 작품 중에서도 개별 슈퍼히어로가 주인공으로 활약하는 1편만을 대상으로 했다는 점에서 분명한 한계점을 지니고 있다. MCU는 스토리가 아니라 스토리 월드이다. 마블코믹스에서 시작된 멀티버스 개념을 바탕으로 영화, TV 시리즈까지 아우르는 마블의 거대한 스토리 우주를 총칭하는 개념이다.[19] 또한, 영화만 보더라도 작품의 개수나 영향력으로 따지면 각 히어로들이 한자리에 모여 협동하는 '어벤져스' 시리즈나 개별 슈퍼히어로가 주인공으로 활약하는 3부작의 2~3편이 더 큰 비중을 갖고 있다. 따라서

---

19   류철균 외 지음,『트랜스미디어 스토리텔링의 이해』, 이화여자대학교출판부, 2015, 40쪽.

MCU의 흥행 전략을 전반적으로 다루기 위해서는 1편뿐만 아니라 MCU 내의 작은 스토리 월드까지 분석할 필요가 있다.

다만 여기에서는 MCU의 개별 슈퍼히어로가 주인공으로 활약하는 3부작 사이의 공통점을 도출하고, 이 공통점들은 또 어떻게 원부살해신화와 연결되는지 정리하고자 한다. '어벤져스' 시리즈가 아닌 개별 슈퍼히어로 3부작을 대상으로 한 것은 원부살해신화를 중심으로 분석함에 있어 더 적합했기 때문이다. '어벤져스' 시리즈는 여러 슈퍼히어로들이 연합해서 사건을 해결하는 횡적인 확장을 시도하는 반면, 개별 슈퍼히어로의 3부작은 한 명의 슈퍼히어로가 여러 사건을 해결하면서 성장을 완성해나가는 종적인 확장을 달성하기 때문이다.

2020년을 기준으로, MCU 내에서 개별 슈퍼히어로의 3부작이 전부 진행된 시리즈는 '아이언맨'과 '토르' 그리고 '캡틴 아메리카'뿐으로 그렇게 많은 편은 아니다. 하지만 이들 사이에서는 명확한 공통점을 찾을 수 있다.

MCU뿐만 아니라 3부작 구성을 갖춘 많은 작품들은 변증법적으로 작품 내 세계관을 발전시키는 경향이 있다. 간단히 설명하자면 이렇다. 1편에서는 주인공이 선하다고 여겨지는 편에 서서 악하다고 여겨지는 편에 맞서 싸우는 것으로 활약하고, 2편에서는 선하다고 여겨지는 편에 숨겨진 부정적인 면과 악하다고 여겨지는 편에 숨겨진 긍정적인 면이 폭로된다. 그리고 3편에서는 두 집단의 한계를 인식하게 된 주인공이 새로운 선택지를 찾아냄으로써 시리즈의 마무리를 짓는다.

변증법적 3부작 구성의 기능적인 요소들은 MCU에 적용되면서 원부살해신화의 구성에 맞는 형태로 특화되어 나타난다. 사건과 인물 그리고 소품들이 상징적 아버지와의 관계성을 중심으로 3부작의 요구에 맞게 전환되는 것이다.

우선 1편의 중심은 주인공이 상징적 아버지를 계승하는 과정이다. 이 작품에서 주인공은 상징적 아버지의 죽음과 그로 인한 상실을 경험하며, 그의 유산을 독차지하려는 부당한 계승자와 대립한다. 주인공은 클라이맥스에서 자기희생을 통해 상징적 아버지의 지위에 올라서며 최종적으로는 아버지의 유산을 획득하고 공동체의 인정을 받는다.

2편의 중심은 상징적 아버지의 추락이다. 이때 주인공은 상징적 아버지의 부정이나 몰락을 경험한다. 또한 1편과 달리 자신이야말로 부당한 계승자가 아닌가 하는 의심 속에서 도전자와 대립한다. 주인공은 클라이맥스에서 아군은 적대자가 되고 적대자가 아군이 되는

경험을 마친 끝에 자신이 속한 공동체를 바꾸거나 나가
는 식으로 거리를 둔다.

　마지막으로 3편의 중심은 상징적 아버지와 분리된
개인으로의 완성이다. 여기서 주인공은 자신이 속한 공
동체와 완전히 떨어져서 어떠한 지원도 받지 못하는 상
황에 처해 고군분투하게 된다. 1편과 2편에서의 갈등을
종주하며 겪은 깨달음 속에 그는 슈퍼히어로로서의 자
신과도, 기존의 자신과도 거리를 둔 채 새로운 정체성을
깨닫게 된다. 그리고 자신의 상징물이자 상징적 아버지
의 유산 또한 그 기능을 상실한다.

　'아이언맨' 시리즈의 토니 스타크는 1편에서 생물
학적 아버지이자 상징적 아버지인 하워드 스타크의 발
명품 아크 리액터 기술을 완성하고, 이를 빼앗으려는 오
베디아 스탠을 죽음까지 각오한 전투로 물리친 뒤 슈퍼
히어로의 지위에 오른다. 2편에서 토니 스타크는 아크
리액터 기술이 발명되는 과정에 아버지뿐만 아니라 소
련의 과학자 안톤 반코의 협력이 있었으나 이 사실이 은
폐되었음을 깨닫는다. 그러면서 정당한 계승자를 자처
하는 이반 반코와 대결한 후 스타크인더스트리의 경영
권을 연인인 페퍼 포츠에게 넘긴다. 마지막 3편에서 토
니 스타크는 테러리스트의 공격으로 인해 고립된 상황
에서 스타크인더스트리와 쉴드의 지원 없이 고군분투

한다. 종국에 가서는 심장 수술을 받은 뒤 상징적 아버지의 유산이자 아이언맨을 상징하는 아크 리액터를 몸에서 떼어내고 만다.

'토르' 시리즈의 토르는 1편에서 생물학적 아버지이자 상징적 아버지인 오딘으로부터 받은 묠니르를 들 자격이 있는지 지구에서 시험을 치르게 된다. 그의 동생 로키는 오딘이 잠든 사이 왕좌에 앉아 토르를 죽이려고 하나, 토르는 지구인들의 생명을 지키기 위해 자신의 목숨을 희생한다. 그리고 이 희생으로 인해 그는 묠니르를 들 자격을 되찾아 부활하며 로키를 쓰러트린 뒤 아스가르드로 귀환하게 된다. 2편에서 그는 아스가르드와 다크 엘프 사이의 잔혹한 전쟁사를 알게 된다. 전편의 적이었던 로키는 그의 가장 든든한 아군이 되어주며, 토르에게 충돌을 피하라고 조언하던 오딘은 복수심으로 전쟁을 준비한다. 토르는 모든 문제를 해결한 뒤 아스가르드를 떠나 지구에서 살기로 선택한다. 마지막 3편에서 토르는 아스가르드도, 지구도 아닌 외딴 행성에서 검투사로 전락한다. 묠니르마저 부숴진 데다가 동료들도 대부분 죽고 말았지만, 그런데도 토르는 남은 국민들을 지키기 위해 아스가르드로 돌아온다. 게다가 자신의 힘의 원천이기도 한 아스가르드를 붕괴시키면서까지 사람들을 구하고자 한다.

'캡틴 아메리카' 시리즈의 스티브 로저스는 제2차 세계대전 시기에 에이브러햄 어스킨의 선택을 받아 슈퍼 솔저 혈청을 맞고 슈퍼히어로가 된다. 하지만 자신이 유일한 슈퍼 솔저이길 원했던 하이드라의 군인 레드 스컬은 에이브러햄 어스킨을 암살하고 미국을 폭격하려 한다. 스티브 로저스는 레드 스컬을 무찌른 뒤 비행기를 남극에 불시착시키는 자기희생으로 수많은 사람을 구하고 냉동되어버린다. 수십 년 뒤 쉴드의 도움을 받아 깨어난 스티브 로저스가 미국으로 돌아오며 1편은 마무리된다. 2편에서 그는 쉴드 내부에 하이드라가 잠입했음을 깨닫게 되며 과거의 연인이었던 페기 카터의 정신이 온전하지 않음을 목격한다. 더욱이 자신을 죽이려고 덤벼드는 윈터 솔저가 제2차 세계대전 당시 실종되었던 절친한 친구 버키 반즈라는 사실마저 알게 되자, 스티브 로저스는 사태를 해결한 뒤 붕괴된 쉴드를 떠나 사라진 버키 반즈를 찾기 위한 여정을 시작한다. 마지막 3편에서 스티브 로저스는 슈퍼히어로 활동에 제약을 주는 소코비아협정에 반대하는 바람에 어벤저스와 세계 각국의 정부로부터 쫓기는 도망자 신세가 된다. 그는 결국 자신을 상징하던 방패를 버리고서 캡틴 아메리카가 아닌 스티브 로저스로 살게 된다.

라깡의 주체화가 다만 주체를 사라지게 하는 것이 아니라 주체를 재탄생시키는 것이듯, 주체는 항상 '다시 기억'되어야 하는 어떤 것이다. 가면을 씀으로써 얼굴이 가려지는 주체는 다만 익명의 수동적인 주체로 인식되어야 할 것이 아니라 '항상 고갈되지 않는 다면적 주체'로 전환할 가능성을 내포하는 '비존재의 공백'을 반영하는 주체의 모습이어야 할 것이다. 이것이 바로 '결여'라는 비극적 진실 앞에서 스스로를 폐기함으로써 주체화하는 라깡적 주체에게 주어진 힘이자 희망일 수 있기 때문이다.

—

오윤정,「라깡적 분열 주체와 가면의 논리」,

연세대학교 대학원 석사논문, 2005, 73쪽.

이렇게까지 개별 시리즈에 동일한 구성과 구조가 반복되었다면 MCU는 작품을 제작함에 앞서 변증법적 3부작 구성의 기능적인 요소들에 대해 고민하고 전략을 세워 템플릿을 만든 뒤 이를 충실히 이행하고 있음을 짐작할 수 있다. 그 템플릿이야말로 비현실적인 세계관을 정돈하여 관객들에게 전달하는 데 최적화된 구성을 갖추고 있기 때문이다.

MCU 작품
심층 분석

3

존 패브로의 <아이언맨>과
샘 레이미의 <스파이더맨>

존 패브로 감독의 〈아이언맨〉(2008)은 현재 MCU의 초석이 된 작품이다. 시리즈 중 처음으로 개봉한 작품인 것은 물론이거니와 이 작품의 흥행 없이는 이후 시리즈의 출발조차 담보하기 어려웠을 것이다. 그러니 〈아이언맨〉은 페이즈 1부터 페이즈 4까지 이어진 인피니티 사가의 중심이라고 말할 수 있다.

　여기에서는 존 패브로 감독의 〈아이언맨〉과 샘 레이미 감독의 〈스파이더맨〉(2002)을 비교 및 분석하고자 한다. 샘 레이미가 21세기 할리우드 영화 시장 문법에 맞게 '스파이더맨' 시리즈를 영상으로 옮기는 데 성공했으며, 존 패브로가 그로부터 직간접적인 영향을 받았음은 분명하기 때문이다. 이 비교 및 분석은 〈아이언맨〉과 〈스파이더맨〉이 교차하는 여러 포인트 중 프롤로그, 에필로그의 대칭과 상징적 아버지 및 빌런과의 관계를 중심으로 진행하도록 하겠다.

①프롤로그의 비교

〈스파이더맨〉의 프롤로그는 거미줄과 스파이더맨 그리고 그린 고블린의 이미지가 안개 낀 뉴욕을 배경으로 교차하는 인트로를 지나 피터 파커의 방백으로부터 출발한다. 그는 가상의 청자에게 되묻는다. 나의 정체가 무엇인지 진심으로 알고 싶으냐면서 말이다. 그리고 화면을 과거로 돌려 스쿨버스에 탑승한 한 여성을 비춘다. "이 이야기는 이웃집 소녀 메리 제인 왓슨에 대한 이야기이기도 하며, 자신의 소원은 이 메리 제인 왓슨이라는 사람 옆자리에 앉는 것"이라는 내레이션과 함께.

〈아이언맨〉의 프롤로그는 아프가니스탄에서 록밴드 AC/DC의 〈Back in Black〉을 큰 소리로 틀어놓은 군용차량에 탑승한 채 군인들과 잡담을 나누는 토니 스타크의 모습으로부터 출발한다. 피터 파커가 가상의 청자에게 방백을 하며 질문을 던지는 것과 달리 토니 스타크는 군인들로부터 그의 방탕하고 호화로운 생활에 대한 질문을 받는다. 그리고는 함께 사진을 찍는 군인이 손가

락으로 평화를 상징하는 브이 자를 그리자 "평화가 나를 실직자로 만들겠지만 나는 평화를 사랑한다"는 말을 남긴다.

이러한 프롤로그 구성은 대부분의 성장담과 마찬가지로, 이 이야기는 주인공이 누구인지에 대한 질문에서 출발해 이에 답하는 과정이라고 선언하는 것에 가깝다. 두 작품의 프롤로그는 관객들이 5분도 안 되는 짧은 순간에 주인공의 성격을 파악할 수 있도록 도우며 그들의 원초적인 목표까지 설명하고 있다. 그리고 각 작품이 담고자 하는 테마도 암시한다. 〈스파이더맨〉은 사랑에 관한 이야기이고, 〈아이언맨〉은 평화를 지키기 위해 모든 것을 건 사람의 이야기라는 것을 스포일러 아닌 스포일러를 통해서 지나가듯 전달하는 것이다.

②상징적 아버지와의 관계

〈스파이더맨〉과 〈아이언맨〉은 앞서 언급한 어떤 작품보다 원부살해신화 구조를 선명하게 반영하고 있다. 특히 두 주인공은 상징적 아버지의 죽음에 직접적인 책임이 있으며, 그로 인해 평생 죄의식으로 몸부림친다. 상징적 아버지가 유언을 남길 때 바로 그 곁에서 자리를 지키고 있었다는 점에서도 계승자로서의 성격이 더욱 더 두드러진다.

피터 파커는 슈퍼파워를 얻은 뒤 이런저런 방황을 하면서 좋아하는 여자와 함께 탈 차를 사고 싶다는 이유로 지하격투대회에 나가려고 한다. 결국 피터 파커의 삼촌이자 보호자인 벤 파커는 피터 파커가 동급생을 때린 사건에 대해 이야기를 하면서 "큰 힘에는 큰 책임이 따른다"라는 조언을 한다. 하지만 피터 파커는 아버지도 아니면서 아버지인 척 굴지 말라며 매몰차게 대꾸할 뿐이었다. 그날 밤, 피터 파커는 남몰래 지하격투대회에 나가 승리하지만, 주최 측의 속임수로 상금을 받지 못한 것에 분노하여 그들의 돈을 훔친 강도를 그대로 놔준다. 그 강도는 도주하던 중 마주친 벤 파커를 살해하고 만다. 결국 피터 파커는 이 비극의 책임을 자신에게 돌리고, 이를 속죄하기 위해 벤 파커가 남긴 "큰 힘에는 큰 책임이 따른다"라는 유언을 따라 슈퍼히어로로 활약하게 된다.

토니 스타크 경우도 이와 판박이처럼 비슷하다. 토니 스타크는 아프가니스탄에서 테러리스트의 습격으로 피랍되어 그들의 동굴 안에 갇히고 만다. 폭탄 파편이 박혀 생사의 기로를 헤매던 그를 구한 자는 마찬가지로 피랍되었던 의사 호 인센이었다. 호 인센은 아이언맨 슈트 제작을 도왔을 뿐만 아니라 탈출 직전 테러리스트들의 위협을 온몸으로 막기까지 했다. 그리고 이 과정에서 호 인센은 큰 부상을 입고 토니 스타크에게 "당신의 인생을 낭비하지 말라"는 유언을 남긴 뒤 세상을 떠난다. 이후 토니 스타크는 스타크인더스트리에서 불법으로 밀수된 무기가 아프가니스탄의 치안을 위협하고 있으며, 그로 인한 피해 지역에 호 인센의 고향인 굴미라가 포함되었음을 알게 된다. 이를 계기로 토니 스타크는 호 인센에게 그의 가족과 이웃의 안전까지 빚지고 있음을 깨닫는다.

두 인물이 가진 상징적 아버지에 대한 강렬한 죄의식은 그들이 슈퍼히어로가 되는 동기를 짙고 선명하게 만들어준다. 피터 파커와 토니 스타크는 어떤 승리 속에서도 자신이 저지른 과오와 마주하면서 그들의 정체성을 유지할 수밖에 없게 되는 셈이다.

③빌런과의 관계

〈스파이더맨〉과 〈아이언맨〉에서 공통적으로 발견되는 또 하나의 요소는 주인공과 빌런의 관계에서 보이는 입체성이다. 이 두 작품의 빌런들은 주인공의 적으로만 남고자 하지 않으며, 그 이상의 관계성을 획득하는 것으로 자신의 욕망을 실현하고자 한다.

〈스파이더맨〉의 빌런인 노먼 오스본은 주인공 피터 파커의 절친한 동급생인 해리 오스본의 아버지이자 거대 기업의 대표이기도 하다. 그는 피터 파커에게 든든한 후원자가 되기를 자처하며 또 물심양면으로 돕는다. 피터 파커 또한 노먼 오스본을 높이 평가하며 추수감사절 가족 식사 자리에 그를 초대하기까지 했다. 노먼 오스본은 그린 고블린의 가면을 썼을 때조차도 스파이더맨에게 자신과 협력하기를 권한다. 스파이더맨를 해칠 수 있는 상황이었음에도 불구하고 동료로서 함께하기를 요청했던 것이다. 그리고 스파이더맨에게 패해 그의 가면이 벗겨졌을 때조차도 "나는 너의 아버지 같은 사람이지 않느냐"며 자신을 용서해주기를 요구한다. 노먼 오스본은 피터 파커에게 있어 명백한 적인 동시에 그를 유혹하는 존재이기도 했다.

이러한 구도는 〈아이언맨〉에서도 비슷하게 나타난다. 이 작품의 빌런 오베디아 스탠은 하워드 스타크의 친구이자 토니 스타크와 스타크인더스트리를 함께 경영한 사이다. 그런데 사고로 위장해서 토니 스타크의 암살을 도모한 것도 모자라, 토니 스타크가 아크 리액터라는 놀라운 기술을 발명하자 피자를 사 들고 와서 기술을 공유해달라고 간청하는, 동료애를 강조한 넉살 좋은 모습까지 보인다.

　이들은 상징적 아버지를 추락시키는 것 이상으로, 주인공에게 상징적 아버지가 되려는 욕심까지 가지고 있다. 이러한 구도는 『햄릿』의 클로디어스가 햄릿에게 관대히 접근하던 모습과도 같다. 그렇기에 원부살해신화의 구조를 보다 심층적으로 반영했다고 할 수 있는데, 부당한 계승자인 적대자가 정당한 계승자인 주인공을 자신의 계승자로 삼는 것이야말로 상징적 아버지의 지위를 완벽하게 대체하는 일이기 때문이다.

　이런 설정을 극적으로 반영한 것은 피터 파커와 노먼 오스본의 관계다. 둘의 관계는 동전의 앞뒷면처럼 엮여 있다. 둘 중 한 명이 특정한 사건을 겪으면 이내 다른 한 명이 그와 유사한 사건을 겪는 식이다. 피터 파커가 거미에 물려 초인적인 힘을 얻은 장면 바로 다음에 노먼 오스본이 스스로 인체 실험을 하여 슈퍼파워를 얻고, 노먼 오스본이 자신에 관한 부정적 기사가 실린 신문을 보며 절망하는 장면 다음에 피터 파커가 벤 파커를 잃고 절규하는 장면이 연결되는 것처럼 말이다. 또 피터 파커로부터 도망치던 강도가 실족사를 한 뒤에 노먼 오스본은 처음으로 살인을 저지르고, 피터 파커가 취직한 뒤에 노먼 오스본은 이사진으로부터 축출당한다. 영화 내내

계속되는 슈퍼히어로와 빌런의 대비는 각 인물이 겪는 사건의 드라마를 강조하는 동시에 서로가 이루고자 하는 가치의 충돌을 더 강렬하게 만들어준다.

스파이더맨과 그린 고블린의 마지막 결전에서, 정체가 발각된 노먼 오스본은 자신은 네게 아버지 같은 존재가 아니냐고 애원하며 목숨을 간청한다. 물론 스파이더맨을 쓰러트리기 위한 암수였으나 이 장면이 보여주는 의미는 분명하다. 이러한 간청은 상징적 아버지의 지위를 노리는 것을 포기했다는 항복 선언인 동시에, 피터 파커에게 상징적 아버지의 지위를 넘기겠다는 제스처다. 하지만 노먼 오스본의 이러한 항복 선언에도 불구하고 피터 파커는 자신에게 아버지 같은 분은 단 한 사람, 벤 파커뿐이라며 그의 요청을 거절한다. 이 장면은 벤 파커가 죽는 날, 당신은 나의 아버지가 아니니 아버지인 척 굴지 말라고 쏘아붙였던 피터 파커가 그날의 대화를 아직까지도 후회하고 있음을 알려준다. 그리고 상징적 아버지를 향한 애도가 끝나지 않았음을 보여준다.

④에필로그의 비교

〈스파이더맨〉과 〈아이언맨〉의 에필로그는 '피터 파커/

토니 스타크는 누구인가?'라는 프롤로그의 질문에 대한 답으로 귀결된다. 흥미롭게도, 두 작품의 구성은 동일하나 그 답이 품고 있는 의미는 정반대 방향을 가리킨다.

〈스파이더맨〉의 에필로그에서 피터 파커는 노먼 오스본의 장례식에 참석한다. 양가의 감정을 일으키는 그 자리에서 피터 파커는 두 번의 시련을 겪는다. 하나는 그의 절친한 친구이자 노먼 오스본의 아들 해리 오스본이 자신의 아버지를 죽음에 이르게 한 사람이 스파이더맨이라 오해한 나머지 피터 파커에게 그를 향한 복수심을 내비치는 것이고, 다른 하나는 처음부터 간절히 바라던 메리 제인 왓슨이 자신을 향해 사랑을 고백하는 것이다. 그러나 상징적 아버지에게 진 빚을 갚기 위해 슈퍼히어로의 길을 걷기로 한 피터 파커는 그 고백을 거절한 채 정체를 숨기기로 결심한다. 다음과 같은 독백을 남기며 이야기는 마무리된다. "앞으로 내 삶이 어떻게 흘러가든, 이 말은 절대 잊지 않을 것이다. '큰 힘에는 큰 책임이 따른다.' 이것은 내게 주어진 선물이자 저주다. 내가 누구냐고? 난 스파이더맨이다."

〈아이언맨〉의 에필로그는 어떨까? 시가전으로 큰 충돌이 있던 다음날, 기자회견장의 대기실로 화면이 전환된다. 그리고 토니 스타크는 쉴드의 요원으로부터 당시 요트에서 승객들과 시간을 보냈다고 거짓으로 증언하기를 요구받는다. 하지만 그 와중에도 토니 스타크는 비서이자 구애의 대상인 페퍼 포츠에게 남자친구가 슈퍼히어로면 어떻겠냐고 너스레를 떤다. 그는 쉴드의 요청을 무시한 채 기자회견을 진행했고, 친구이자 군 관계자인 제임스 로드에게마저 주어진 원고대로 읽으라는 경고를 듣는다. 그러자 토니 스타크는 무언가 결심한 듯 대본을 읽다 불현듯 관객을 응시한 채 "나는 아이언맨이다"라고 말하며 자신의 정체를 공개한다.

〈아이언맨〉과 〈스파이더맨〉은 둘 다 주인공이 스스로 자신의 정체를 규정하는 대사를 치며 마무리된다. 하지만 피터 파커의 선언은 정의를 위해, 또 주변인들을 위해 자신의 정체를 숨기겠노라고 다짐하는 목적인 반면, 토니 스타크의 선언은 주변인들이 정체를 숨길 것을 종용하는 상황에서도 이를 공개하고야 마는 과시적인 목적이다. 그렇기에 〈아이언맨〉과 〈스파이더맨〉은 거의 같은 구성을 가졌지만 이후 전개되는 이야기는 전혀 다르게 흘러가는 것이다.

<토르: 라그나로크>의
압축적인 전개 분석

'토르' 시리즈 중 가장 흥행한 작품은 3편 〈토르: 라그나로크〉(2017)다. 이 작품의 전 세계 박스오피스 수익은 8억 5398만 3911달러로, 4억 4932만 6618달러인 〈토르: 천둥의 신〉(2011)의 두 배에 버금가는 수준이다(2022년 4월 14일 기준). 물론 MCU 시리즈 대부분이 뒤로 갈수록 더 크게 흥행했으나, 〈토르: 라그나로크〉는 '토르' 시리즈 중에서 평단과 관객 반응 역시 가장 좋았던 작품이다.

　〈토르: 라그나로크〉가 사랑받은 이유는 여럿이 있겠지만, 토르의 목표와 성장 과정이 분명하게 제시되었다는 점을 우선으로 꼽고 싶다. 앞선 시리즈인 〈토르: 천둥의 신〉과 〈토르: 다크 월드〉(2013)에서는 조연이었던 로키의 갈등 요소가 주인공인 토르에 비해 훨씬 더 많았다. 1편 〈토르: 천둥의 신〉을 보자. 로키에게는 비극적인 출생의 비밀과 형을 향한 열등감이라는 시련이 주어진 반면에 토르에게는 자신의 오만함 외에는 넘어야 할 문제가 별달리 주어지지 않았다. 2편 〈토르: 다크 월드〉는 전작에 비해 토르에게 조금 더 비중이 더해지기는 했다. 연인이 죽을 위험에 처한다는 충격적 사건을 겪었으니 말이다. 하지만 로키는 유일하게 마음을 열었던 어머니의 죽음을 겪었고, 토르는 이를 일정 이상 극복하지만 로키는 복수심에 불타 기존과는 다른 이미지를 보인다. 클라이맥스에서는 토르를 위해 자신을 희생하고 말미에는 또 하나의 반전을 주는 식으로 작품의 비중을 독점하고 말았다.

　기존의 '토르' 시리즈는 로키라는 인물의 매력에 빠져 그가 저지른 악행에 이러저러한 당위성을 부여하느라 바빴지만, 타이카 와이티티 감독의 〈토르: 라그나로크〉는 의식적으로 토르라는 캐릭터에 분량과 무게중심을 할애하기 위해 노력했다. 더욱이 주인공인 토르의 비중이 커진다고 해서 조연인 로키의 매력이 반감되지도 않았다. 오히려 로키가 토르의 뒤를 받쳐주면서 둘 사이의 더 큰 시너지를 만들어내기까지 했다.

　또 하나, 〈토르: 라그나로크〉의 흥미로운 지점은 기존 시리즈에서 마땅히 다뤄져야 했으나 그러지 못했던 슈퍼히어로 주인공의 갈등과 성장 과정을 1막이라는 짧은 분량 안에서 소화해냈다는 점이다. 여기서는 〈토르: 라그나로크〉의 1막에 집중하여 감독이 어떻게 기존 시리즈에서 소외됐던 토르의 캐릭터를 재구성했는지, 아울러 어떤 방식으로 원부살해신화의 구조와 변증법적 구성을 원숙하게 녹여냈는지 정리하고자 한다.

①1막 전반부

〈토르: 라그나로크〉는 영화가 시작된 지 10분 만에 아스가르드의 왕 오딘이 로키에 의해 어디론가 쫓겨났으며, 로키가 오딘인 척 연기하면서 부당하게 왕좌를 점거하고 있다는 사실이 폭로된다. 토르는 곧장 묠니르를 들고 나타나 오딘으로 분장한 채 연극이나 보며 시간을 때우는 로키를 위협해서 그 정체를 밝히고, 아스가르드와 우주의 평화를 되돌리려고 한다.

선왕이 부당한 계승자에 의해 왕좌에서 쫓겨났음을 깨달은 주인공이 부당한 계승자와 맞서 싸운 뒤 정당한 계승자로서의 지위를 회복하는 과정이 고작 14분 안에 고스란히 담긴 것이다. 비록 이야기가 코믹하게 흘러갔더라도, 보통 시리즈 1편에서 다뤄져야 했던 원부살해신화 구조의 핵심을 놓치지 않은 셈이다.

이러한 서사는 〈토르: 천둥의 신〉이 관객들을 설득하는 데 실패했던 지점들을 어렵지 않게 극복한다. 감독은 토르가 과연 아스가르드의 정당한 계승자인가, 로키는 정말 아스가르드를 통치할 자격이 없는가라는 질문의 답으로 혈통이나 계승 순위 같은 비본질적인 결론을 내지 않는다. 그보다는 로키라는 인물이 입체적이고 흥미로운 캐릭터임은 분명하나 통치에는 어울리지 않는다는 것을 '일은 하지 않고 연극이나 보고 있다'는 직관적인 장면을 제시함으로써 증명한다. 게다가 토르가 책임감을 가지고 상황을 해결했음을 보여준다.

②1막 중반부

앞서 정리했듯 변증법적 3부작 구성에서 2부는 상징적 아버지의 부정과 몰락을 깨닫는 순간이다. 이 파트에서 주인공은 기존의 아군은 적군이, 적군은 아군이 되는 역전을 경험하고, 이제까지의 사건들도 반대의 시선에서 되돌아보게 된다.

〈토르: 다크 월드〉에서도 위의 기능을 일정 이상 다뤘음은 분명하다. 이 작품에서 상징적 아버지인 오딘은 비둘기파에서 매파가 되고, 전편의 적대자였던 로키는 가장 든든한 아군이 된다. 하지만 이 정도로는 토르가 자신을 근본부터 의심할 만큼 강한 충격으로 이어지지 못한다. 상황이 역전되었을 뿐, 인식이 역전된 것은 아니었기 때문이다. 반면 〈토르: 라그나로크〉에서는 보다 충실하게 상징적 아버지의 부정과 몰락을 목격하게 된다. 이 부정은 오딘이 이제까지 토르와 로키라는 두 아들에게 숨겨왔던 진실을 고백하는 것으로 밝혀진다. 토르가 오딘의 첫 번째 자식이 아니었으며, 너무나도 잔혹한 나머지 유폐했던 큰 누이 헬라가 있었다는 것이었다.

실제로 작품 안에서 상징적 아버지로 기능하는 오딘의 죽음은 이 타이밍에 이뤄지지만, 이 죽음은 자기희생으로 인한 것이 아니었다. 도리어 그의 한계에 직면한 결과에서 기인한, 부끄러운 몰락에 가까웠다. 비록 겉보기로는 평화롭고 온화한 퇴장이었을지언정 그 내용을 살펴보면 결국 자신의 과오를 밝히고는 계승자들에게 그로 인해 생겨난 과제를 떠넘기는 형태였던 것이다. 오딘이 사라지며 그가 유폐하고 있던 헬라는 풀려난 즉시 아스가르드의 계승권을 주장한다. 토르는 직전까지 적이었던 로키와 손을 잡고 헬라에게 맞서지만, 더 강하고 더 계승 순위가 높은 누이의 등장으로 인해 자신이 부당한 계승자는 아닌지 의심하게 된다.

더욱이 토르는 헬라와 맞서는 도중 자신의 상징과

도 같은 무기이자 그가 정당한 계승자임을 상징하던 묠니르가 파괴되는 충격적인 사건을 경험한다. 이 장면에서 토르가 묠니르를 잃는 의미는 〈아이언맨 3〉(2013)에서 토니 스타크가 아크 리액터를 버리고 〈캡틴 아메리카: 시빌 워〉(2016)에서 스티브 로저스가 방패를 버린 것과 동일하지 않다. 묠니르의 파괴는 앞선 두 인물과 달리 자발적인 것이 아니었다. 그보다는 〈아이언맨 2〉(2010)의 토니 스타크가 팔라듐 중독의 위험성이 있는 아크 리액터로 고통받는 장면이나 〈캡틴 아메리카: 윈터 솔져〉(2014)의 스티브 로저스가 박물관에 가서 구형 슈트로 환복하는 장면에 더 가까울 것이다. 이 장면들은 상징적 아버지의 부정과 몰락을 목격한 뒤 주인공이 그로부터 거리를 두도록 설계된 순간이니 말이다.

토르와 로키는 헬라에게 패배한 뒤 아스가르드로 가지 못한 채 사카아르 행성으로 떨어지고 만다. 이는 토니 스타크가 스타크인더스트리의 경영권을 페퍼 포츠에게 넘긴 것, 스티브 로저스가 쉴드를 벗어나서 버키 반즈를 찾기 위해 떠난 것과 대응한다. 소속되었던 공동체로부터 벗어나 자기만의 시간을 갖는 것이다. 이렇게 〈토르: 라그나로크〉의 1막 중반부가 끝나고, 1막의 후반부로 들어서게 된다.

③1막 후반부

〈토르: 라그나로크〉는 다른 시리즈라면 1편과 2편에서 이미 다루어졌을 대사건을 마무리한 뒤에야 1막 후반부로 들어서게 된다. 후반부부터는 1막으로서의 본격적인 기능이 시작된다. 그는 검투사들의 행성 사카아르에 낙오되었으며 노예가 되어 투기장에 불려 나가는 처지가 된다. 아스가르드의 왕자라는 지위 또한 사카아르 행성에서는 그 어떠한 의미도 갖지 못한다. 그의 망치는 부서졌고 망토는 뜯어졌으며 머리칼은 잘려 나갔다. 왕자에서 노예로 전락했고 동료들은 다 죽거나 곁을 떠났다. 기존에 그를 상징하던 이미지가 대부분 사라진 상태에서 새로이 출발해야만 하는 것이다. 이는 달리 말해 이전까지 깊이 영향을 받아왔던 오딘으로부터 독립하는 과정이기도 하다.

이렇게 50분가량의 러닝타임이 흐른 뒤 1막은 마무리되고 본격적인 여정으로서의 2막이 시작된다. 영화의 전체 상영시간은 130분이니 1막이 너무 길다고 할 수 있으나, 1부와 2부의 역할을 맡은 1막 중반부까지의 25분을 제외하면, 1막 후반부인 25분은 전체 러닝타임의 4분의 1가량으로 여타 할리우드 상업영화의 문법을 크게 벗어나지 않는다. 〈토르: 라그나로크〉는 MCU와 할

리우드 상업영화의 시나리오 작법 테크닉이 압축적으로 변주되어 담긴 작품이다. 이만큼의 변주는 작법에 대한 깊은 이해와 숙련 없이는 불가능한 묘기로 생각된다.

맺음말
원부살해신화 구조의
가부장주의적 한계를 넘어서

지금까지 원부살해신화를 중심으로 MCU의 슈퍼히어로 작품들을 분석하였다. 하지만 원부살해신화 구조를 차용한 작품들이 가진 가부장주의적 한계는 분명하다. 상징적 아버지라는 키워드를 고집한 것은 이러한 한계와 문제점을 감추지 않기 위함이었으나 좀 더 정돈된 글로 다듬지 못해 아쉬움이 크다. 이러한 아쉬움은 MCU의 여성 슈퍼히어로가 등장하는 작품들과 DCEU의 〈원더우먼〉을 분석하는 후속 연구로 해갈할 수 있을 것이다. 특히 〈원더우먼〉의 경우 우바카와 설화, 바리데기 설화, 『신데렐라』에 이르기까지, 여성 영웅 신화의 구조를 현대적으로 잘 재구성해냈기에 연구해볼 가치가 크다.

　또한 3부작 이후의 후속 작품들에 대해서는 언급하지 못한 것도 부족한 지점이다. '아이언맨' 시리즈 3부작을 통해 상징적 아버지로부터 벗어나 독립된 개인으로 성장한 토니 스타크가 〈스파이더맨: 홈커밍〉(2017)과 〈스파이더맨: 파 프롬 홈〉(2019)에서 MCU의 차세대 주인공인 피터 파커의 상징적 아버지 지위에 오른 상황, 이에 따른 상징적 아버지의 기능적인 변화에 대해 분석할 수 있었다면 논의에 깊이를 더할 수 있었을 테다.

기존 '스파이더맨' 시리즈 팬들에게는 비극일지 모르나, MCU의 토니 스타크는 피터 파커의 멘토이자 부재하는 아버지의 자리를 대체하고 있었다. 또한 앞서의 MCU 작품 중 3부작 구성을 갖춘 영화들에서 상징적 아버지가 1편에서 죽거나 그와 유사한 상태에 처하는 반면, 토니 스타크는 〈스파이더맨: 홈커밍〉에서 잠시 자리를 비울 뿐이며 피터 파커는 속편인 〈스파이더맨: 파 프롬 홈〉에서 그를 향한 애도를 수행해야만 했다. 기존 MCU의 3부작 시리즈와는 다른 구성을 보여주는 MCU의 '스파이더맨'은 이후 MCU가 어떻게 흘러갈지 방향성을 예측하는 가늠쇠가 될 수 있어 매우 흥미로운 연구 소재다. 다만 '인피니티 사가(페이즈 1~3)' 이후 시리즈에 대해 예측하는 것은 학술적인 연구 대상보다는 개인의 취미 활동 영역에 가까워 본문에는 담지 않았다.

이 두 가지 한계점은 2022년 7월 개봉 예정인 〈토르: 러브 앤 썬더〉에서 해소될 수 있을 듯하다. 이 작품은 기존 '토르' 시리즈에서 비중이 적었던 토르의 연인 제인 포스터가 슈퍼파워를 얻으면서 펼쳐지는 모험담을 다룬다고 한다. 그렇다면 기존 시리즈에서 자기 나름의 캐릭터 아크를 완수했던 토르는 〈스파이더맨: 홈커밍〉에서 토니 스타크가 그러했던 것처럼 멘토의 위치로 변경될 가능성이 있다. 그렇다면 원부살해신화 구조를 차용한 슈퍼히어로 작품이 가진 가부장주의적인 한계로부터 거리를 둘 뿐만 아니라, 3부작 이후의 속편들에 요구되는 구성적 차이점에 대한 표본이 될 수 있음을 기대하게 된다. 이후로도 흥미로운 슈퍼히어로 영화들과 후속 연구가 이어지기를 바란다.

찾아보기

ㄱㄴㄷ순

요다 해시태그 장르 비평선 03
#MCU #슈퍼히어로 #토템과터부

1판 1쇄 인쇄. 2022년 5월 30일
1판 1쇄 발행. 2022년 6월 13일

지은이. 문아름·홍석인
펴낸이. 한기호
기획. 텍스트릿
책임편집. 염경원
편집. 도은숙, 정안나, 유태선, 강세윤, 김미향, 김현구
마케팅. 윤수연
시리즈 디자인. 스튜디오 프랙탈
디자인. 권소연
경영지원. 국순근

펴낸곳. 요다
출판등록. 2017년 9월 5일 제2017-000238호
주소. 04029 서울시 마포구 동교로 12안길 14 삼성빌딩 A동 2층
전화. 02-336-5675 팩스. 02-337-5347
이메일. kpm@kpm21.co.kr

ISBN. 979-11-90749-41-1 04800
979-11-90749-24-4 04800 (세트)